FOR$_2$

FOR pleasure   FOR life

世說新語八周刊

A New Account of Tales of the World. 8

改編繪畫—豬樂桃

卷一

FOR₂ 20

世說新語・八周刊・卷一

作者／繪圖：豬樂桃（齊瀟）

編輯：陳秀娟　美術設計：許慈力

出版：英屬蓋曼群島商網路與書股份有限公司臺灣分公司

發行：大塊文化出版股份有限公司

105022台北市松山區南京東路四段25號11樓

www.locuspublishing.com

讀者服務專線：0800-006-689

電話：02-87123898　傳真：02-87123897

郵政劃撥帳號：18955675

戶名：大塊文化出版股份有限公司

法律顧問：董安丹律師、顧慕堯律師

版權所有　侵權必究

總經銷：大和書報圖書股份有限公司

新北市新莊區五工五路2號

電話：02-89902588　傳真：02-22901658

初版一刷：2012年5月　二版一刷：2023年5月

定價：350元　ISBN：978-626-7063-35-4

遙遠的呼喚

上個暑假，我發起狠心，去甘肅參加了人生中第一個中國傳統文化的修學活動，以補身為現代中國人、卻是無知的假洋鬼子之遺憾。一次，主持的學者王林海先生對我說：

「你應該看看《世說新語》。現代人真該看看先人是怎麼活的，有多瀟灑，多頂天立地……不然還以為中國就是現在你們見到的這樣呢。」

這個遙遠而熟悉的書名……我忽然想起小豬來。

「哎？對了！我的朋友就在畫《世說新語》喔！」

「喔？」老師露出很有興趣的樣子，「那很好啊！有很多東西值得畫啊！是什麼樣的畫？」

「是……漫畫。」

「……這樣啊。」這個談話於是就這樣終止了。

不過，默默的，我將《世說新語》挪入心中的「收藏夾」一欄。然而，大概是出於潛意識對「經典」的敬畏（「經典」另一重含義，大概就和現實生活很遠，讓人敬若鬼神而遠之），這一年中，我也沒有拾起來看。

而小豬解讀《世說新語》的工作，卻一直在一絲不苟的進行著。在每月連載上，不懈地提供給讀者奇思妙想的幽默感，和消化後的解析，把現代「摩登潮流」的舶來詞、廣告語，注入到古人街頭巷尾的市井之樂中去。她讓形形色色的現代人、還有或熊或狗等等的非人類們，扮演許久以前的名流人士。其中甚至還夾雜著凡爾賽玫瑰式的花美男（卻沒有花美女），大約是特別覺察到美男的公主病吧……小豬一

向不解世俗美男美在何處，獨愛尚‧雷諾，所以故事裡出現帥哥，對她來說是比畫鯨魚出海、金字塔解體更困難的畫面，為此甚至買了看不懂的寫真集來助陣（竹林有七賢，辛苦了……）。甚妙的是，日式漫畫中最易被濫用的無臉孔的「素人」們，被素燒陶俑的複製丫鬟代替。複製中又有種種細節，提醒讀者符號式面孔之後，被遺忘了的小人物們的喜怒哀樂，流露出對個體情感的關懷。種種現代漫畫符號和中國傳統語境的大替換，成了妙趣橫生的豬仔式「中國特色」漫畫。

有人說做喜劇故事，就是要讓其中的笑點像機槍般掃射，外加重機槍的主攻，又有飛撒的流彈，明槍易躲暗箭難防，故其總有一點擊中你。而書中傳統與現今的巨大落差，想像力遍布細微處，我的軟肋往往是被意料之外的小流彈擊中，然後噴飯之。

今人不見古時月，今月曾經照古人。

若從另一個角度來看，這個故事未嘗不是由古人來扮演今人。是一位年輕畫家的想像，如果古代名士們出現在今天會是個怎樣的光景……他們會適應這個社會嗎？社會又會怎樣看待他們呢？用魏晉的題材，喊出八卦周刊的奇險標語，無處不在的商業滲透，和將一切娛樂化的「低智商社會化」，這就是我們的現狀。這些古人的扮演，更令我們有機會退遠一點，重新審視這個我們再熟悉不過的世界。讓我們有機會去覺察那些因為習慣、默認，而失去了敏銳的荒謬。

複述故事以外，在極易代入的輕鬆氣氛之下，有一股不知不覺的潛流，滲透在戲劇化的情節背後。小豬說，當她畫到嵇康臨終託孤的情節，把兒女交託給無意中令他入獄受難的好友山濤，嵇康對幼子說「巨源在，汝不孤矣」時，她流淚了。以個人的孤獨標舉，對抗整個社會的群體墮落，是怎樣的孤獨和悲傷呢……在閱讀時，我也能感到這樣的共鳴和振動。一如蔣勳在《孤獨六講》所寫，「當阮籍長嘯時，山鳴谷應，震驚了所有的人。那種發自肺腑，令人熱淚盈眶的吶喊，我相信是非常動人的。」

在詞句的背後，古人的呼喚，那些獨立於世的尊嚴、愛，和慈悲，透過這一片薄薄的印刷紙，透過CG電腦繪畫、印刷字體，仍然強烈地穿透了過來，令我明白，同一種語言所傳遞的血脈呼應，人性感召……即使相隔時空萬里，即使是早已和古代中國隔絕斷裂的我們，仍能感到這樣的呼喚，為那些偉大的靈魂所觸動，無論在哪一刻，只要願意，我們仍能接收到先人的愛和訊息……他們也一直在等待著。

被感召於那個年代，人與人之間沒有營役和猥瑣，坦坦蕩蕩，無畏無懼，真情所致，捨生忘死，是這樣的乾淨和通透，如老師所說的，人活得，像個人樣子！

《世說新語》，不僅是個長長的故事，更是中國曾經的樣子。願每個人都能聽到天地的聲音，順遂自己自然的本性，其實我們，也能活得如此坦蕩精彩。

阮筠庭
中國著名漫畫家

自序

愛國學，愛八卦

　　雖然從小就接受中國古典教育——古代詩歌詞、學習毛筆字、珠算課、國畫班……但是，就是無法對中國的文化提起興趣。剛剛懂得畫畫時，喜歡地中海的美景，喜歡大工業革命時期的工業設計，喜歡坐落在山脈中的歐洲小鎮，雖身為中國人，我卻從來不曾留意過中國的美……兩年前的一天，在電台中聽到龔一先生的古琴曲《漁樵問答》，琴弦撥動的每一聲，我的心都產生了共鳴，為之一顫，似乎體會到了「撥動心弦」的意義。

　　2009 年，在我人生最煎熬時，台灣大塊文化約我畫一則關於《世說新語》的十六頁短篇，於是，我找來原文閱讀，發現《世說新語》語句異常簡練，甚至顯得乾澀無趣。為什麼這麼「無聊的書」會成為傳世經典？連魯迅都大加讚嘆？我不甘心的找了幾則相對簡單的故事，逐字推敲、尋找出處之後，漸漸發現原來寥寥數句的文章中竟蘊含著如此廣闊的內容，關於魏晉時期，文人墨客的性格行事；風靡魏晉時期的「老、莊」學說；關於那個華麗的血色時代的傲人風骨與浪漫情懷，都讓我深深迷戀！於是奮筆疾書（^_^），花了十天畫完十六頁的稿子～（研究《世說新語》花了足足三個月）。也是因為這篇稿子，讓我重拾畫畫的樂趣，發現自己居然是嘴角上揚的笑著畫完整篇～這感覺消失了有多久啊～

　　創作中，為了能體現縱橫古今的經典美男子（從我出道以來就沒畫過帥哥，這對我來講無疑是巨大挑戰），我將路人甲乙丙們畫成了氾濫花癡表情的雙色小人兒（後來，「雙色小人兒」成為我和「腐女助手」源仔相互戲謔的習慣用語）。為了能讓版面看起來更八卦，我買來市面上所有的八卦雜誌研究，還請朋友們蒐集他們看過最八卦的娛樂新聞。當然，也少不了收集了許多台灣的時事新聞（研究新聞

播報時的語態和主持人身邊翻滾的駭人標題 ^_^）。

　　之後在好友阮筠庭等人的鼓勵下，我開始將《世說新語‧八周刊》擴展開來。一次偶然，一本新刊《繪心》的主編看到我的作品，頗感興趣的向我約稿。於是，到今天，積累了滿滿的一百多頁。

　　從一開始，只是想要諷刺一下古代美男子那股子「天生麗質難自棄」的彆扭勁，到後來漸漸解讀這些風雲人物背後的辛酸與身處歷史洪流的無奈，若你能保持客觀而非「腐」（笑）的態度閱讀此書，在嬉笑怒罵之餘，多少也能讀出每段故事最後的悲哀吧？

　　我盡力在還原歷史真相的同時，讓每個角色都擁有他們自己的獨特性格，有些歷史公認的史實，我也大膽的經過了自己的演繹。

　　經過一年多的連載，許多讀者給我的反饋便是 ——看了《世說新語‧八周刊》之後，突然對中國歷史與國學感興趣了 ——這也是我繪畫此書的初衷。

　　若諸位看官想更加深入瞭解《世說新語》，可在此書之後閱讀正史與原著。同時也希望你們喜歡這部外表「基」情四射，內裡卻真誠單純的搞笑八卦歷史漫畫。

豬樂桃

Ps.
《世說新語》讓我動容的地方有兩處——1）左太沖渴望像潘安那樣出名時，原著曾用兩個字來描述左太沖的外貌——「絕醜」！一個人長得醜也就算了，居然還加上一個「絕」字！可見作者劉義慶和當時廣大婦女們有多絕。別的帥哥要不就是「玉樹」、「璧玉」，要嘛就是「蕭蕭肅肅」、「玉山頹倒」。左太沖這個「絕」字，讓他變得極富喜感，又帶著悲劇的色彩，讓人又喜又憐。2）因為研究《世說新語》而喜歡上嵇康，讓我感動的不是嵇康瀟灑不羈的性格，也不是他就戮時的悲情，而是他與山濤的友誼，當他入獄時，他拉著兒子的手交給山濤，說「巨源在，汝不孤矣」。短短七個字，讓我彷彿置身於那個血色時代，面對兩個政治立場不同卻相互敬重的摯友，這臨終的託孤，其中包含著多少信賴呢？試問現代，在我們身邊又會有幾個這樣的摯友呢？後來山濤果然不負嵇康的遺願，照顧著嵇康的妻兒，這是成語「嵇紹不孤」的由來。再後來嵇康之子嵇紹成年後，在山濤的舉薦下，官居侍中。

目錄

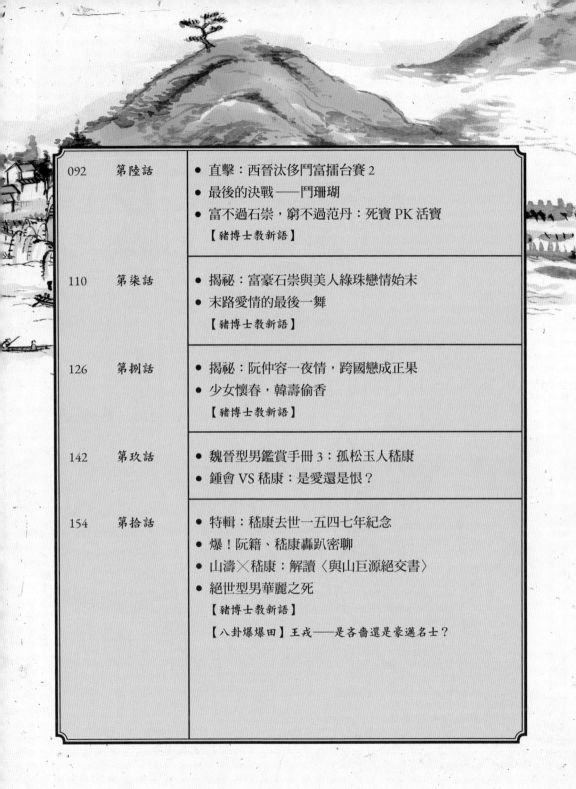

前言 帝都美男眾生相

石崇

嵇康

王武子 王君夫

六朝是中國政治上最混亂、社會上最苦痛的時代，然而卻是精神史上極自由、極解放，最富於智慧，最濃於熱情的一個時代。

北朝慕容鮮卑在選繼承人或者封官的時候，都會考慮候選人的長相是否俊美。南朝士族階層以男子羸弱瘦削、膚白如脂為美，普遍有傅粉裝扮，用五石散作神仙狀的愛好。若以文字作為想像，你眼前所看到的是一群皮膚白皙的美男子，手執酒杯、面若桃花、衣不遮體；行事瀟瀟灑灑、狂放不羈，讓眾人掩面羞奔的「美妙景象」。

當時民風還沒有被禁錮，女子們熱愛追捧美男子，美男子與美男子惺惺相惜，所以造就了後人所盛譽和嚮往的「魏晉風度」。

韓壽

王衍

阮咸

夏侯湛

潘安

謝安

何晏

衛玠

「世說新語·八周刊」將帶領諸位看客，以最八卦的角度詮釋1800年前魏晉明星們的那些事兒～！

第壹話

魏晉型男鑑賞手冊.1

潘安×夏侯湛・連璧BOYS

絕色美男潘安和才色兼備的西晉文學家夏侯湛是好朋友，兩人特別喜歡一起逛街，他們神逸貌美的靚影常常出沒於洛陽城的大街小巷。因為這對組合的耀目，眾粉絲稱他們為「連璧」，成為魏晉時期最著名的花樣美男組合。

被人遺忘的靚仔——夏侯湛

夏侯湛，字孝若。此人無論是文學還是政治，都沒有什麼特殊的貢獻。在漫漫歷史長河中，夏侯湛並未被世人記住。唯一一閃光的就是他能和歷史上最著名的大帥哥潘安合稱為「連璧」，雖然一直籠罩在潘安的美麗陰影下，但也算是他一生中最輝煌的一筆了。

小湛好可愛～

噗鈴

閃亮閃亮

釘鈴

湛湛～好萌～

有沒有人告訴你～我們湛粉好愛你～

絕色美男潘安

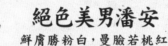

鮮膚勝粉白，曼臉若桃紅

潘岳；字安仁，世人多稱之為潘安。潘安在文學上的成就以及政治上的失敗，經過千年已被遺忘，唯一留下的，就是他那絕色的容貌。潘安小名「檀奴」，那時候的少女們就將自己的情郎叫做「檀郎」，後人又將「貌似潘安」，作為千年以來衡量美男子的標準。

阿花～幾日不見，可想煞我咧～

奴家又何嘗不是日日思念「檀郎」啊～

哇呀～潘安又出街啦！快追啊！

滾開！小潘潘我來啦！！！

阿花花花……

砰！

潘大哥！拜託不要在節假日出街啦！

小白嫌我長得沒潘安帥，要和我分手！

他是女人的甜心！男人的公敵！

賊潘！還我老婆

這裡是《世說新語·八周刊》為您追蹤報導——潘安出街再次引發騷動！洛陽政府出動「潘潘維和部隊」！

負責官員宣誓力爭做到「零傷亡」！避免流血事件發生！

哇啊～小潘潘在那邊！

登登登

潘安十七、八歲時，手裡拿著彈弓在洛陽城裡溜達，看到他的人們不管老少，只要是個女的，全都手拉手圍著這位大帥哥觀看，常常會引起洛陽交通要道堵塞。

「愛之彈弓」迷倒眾生

彈弓天使

哎呀～暈了暈了～

哇呀～

哎呀呀～

小潘潘太帥了！

唉唷～

呀哈～

另，劉孝標注引《語林》記載：「安仁至美，每行，老嫗以果擲之，滿車。」
——潘安長得太美了，以至於每次出行都有粉絲們投擲果實直到載了滿滿一車！此後，成語「潘郎車滿」和「擲果盈車」，便用來形容美男子受到女性的青睞。

小潘潘出街啦～！

潘仔～好帥啊～

小潘潘～

不要擠啊！

潘潘接著！

今天又是滿載而歸～
夠家裡吃上一個月了～
下月要換輛大馬車逛街呢～

唉，真是讓人為難，每次出門
都會造成騷亂呢，為何老天讓我
生得如此帥呢……

I LOVE YOU 潘～

看這裡啊～
大帥哥～

潘大人～
看這裡啊～

潘潘仔～

在這群圍觀的少女少婦和老嫗之中，有這麼一位出身寒門，渴望成功的人，孤獨而不得志的他，似乎在這場喧囂中，得到了一些啟示……

偶們永遠支持你～

哈～終於讓我想到了出名的辦法！

不要啊～潘仔！讓人家再看你一眼啊！

這裡是「潘潘維和部隊」請小姐夫人們立刻散去！不要阻塞交通！

這個人叫左思，字太沖。長得不是一般的醜，《世說新語》中對他容貌的形容只有兩個字——絕醜！這位仁兄還沒有意識到自己和潘岳的本質區別，想要仿效大帥哥，也來一次轟動洛陽的巡街，揚名立萬。

哞

呼

這場模仿SHOW觸怒了廣大的潘「粉」，於是乎，群婦集體對左太沖大吐口水。

哇啊……這到底是為什麼啊！

本報記者追蹤報導──
左太沖不自量力舉潘潘！
慘遭潘「粉」唾棄！

世說新語‧容止。

潘岳妙有姿容，好神情。

少時挾彈出洛陽道，

婦人遇者，莫不連手共縈之。

左太沖絕醜，

亦復效岳遊遨，

於是群嫗齊共亂唾之，

委頓而返。

絕色美男背後的醜男
左太沖醜小鴨變天鵝，自強不息奮鬥史

左太沖沮喪的回了家，他明白，自己是無法像那些出身望族的帥哥們一樣，只靠逛逛街，就走上充滿光輝的仕途。從此以後，他發憤圖強，埋頭於寫作，終於以十年之力撰成《三都賦》，此書分別敘述三國時期蜀吳魏三國的概況。

沙沙沙……

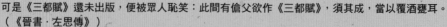
可是《三都賦》還未出版，便被眾人恥笑：此間有傖父欲作《三都賦》，須其成，當以覆酒甕耳。
（《晉書·左思傳》）

有個傖老頭想寫《三都賦》，我看等他寫成了，最多拿來當做蓋酒罈的蓋子而已。

難道說我將所有精力投入到寫作之中，最後還是像十年前一樣，遭眾人恥笑？

我的妹妹雖貴為皇妃，可是就因我出生寒門、長得醜，無論付出多少努力也得不到世人的肯定……

我只是想寫寫書，讓大家喜歡我而已啊……這要求不過分啊……

左太沖很納悶，同時也感到非常絕望，於是，他拿著《三都賦》拜見了西晉著名作家和玄儒並蓄的入世名士──張華，希望能為自己指點一條明路。

左兄的文章寫得非常好，可惜你出身寒門，沒什麼地位，估計這本書出了之後，也沒人看啊。

啥?!難道我白白耗費了十年的青春?!

左兄莫愁，我為你推薦一位名士──皇甫謐。此人可助你！

皇甫謐？

這位「張公」非常有行銷頭腦，推薦左太沖的作品給當時的大名人皇甫謐，作為西晉著名的文學、史學和醫學家的皇甫兄和左太沖一樣出身寒門，再加上《三都賦》的確優秀，所以為他寫了序。

風雲名士皇甫謐也稱讚──
《三都賦》是好文！

《三都賦》引發市場危機？！

洛陽時報
新書排行榜

我不是一夜成名！

《三都賦》首發當日，位居司馬遷圖書排行榜總冠軍！

果然如「張公」所料，書成之後，世人競相傳寫，導致洛陽的紙張漲價。「洛陽紙貴」這個成語就淵源於此，這是中國最早利用名人效應包裝炒作的成功案例。醜男左太沖也因此得償所願，躋身於名士行列。

神啊！偶終於成名了！
娘～兒子再也不會被人看不起了！

嘩！

世說新語‧文學

左太沖作《三都賦》初成，時人互有譏訾，思意不愜。後示張公，張公曰：「此二京可三，然君文未重於世，宜以經高名之士。」思乃詢求於皇甫謐。謐見之嗟嘆，遂為作敘。於是先相非貳者，莫不斂衽讚述焉。

「絕醜」的左思花費了十年的青春，憑藉《三都賦》一洗往日受辱之恥，終於名垂千古。但是「上品無寒門，下品無世族」的西晉門閥貴族制度，以及那個皆以容姿決定個人命運的年代，使得左思以及許多身分與容姿不出眾的人才，在仕途之中阻礙重重，要付出比出身世族的帥哥們更多的艱辛，才能得到世人認可。

豬博士教新語

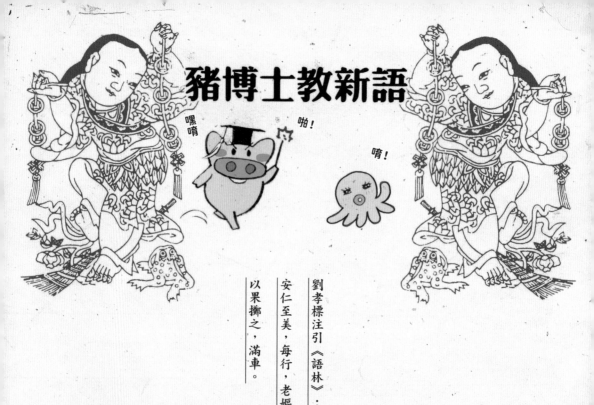

嘿唷　啪！　唷！

劉孝標注引《語林》：

安仁至美，每行，老嫗以果擲之，滿車。

【譯文】

潘安人長得很美，駕車走在街上，連老婦人都為之著迷，將水果扔到潘安的車裡，直到車裡裝滿了水果！

世說新語·容止

潘岳妙有姿容，好神情；少時挾彈出洛陽道，婦人遇者，莫不連手共縈之。

左太沖絕醜，亦復效岳遊遨，於是群嫗齊共亂唾之，委頓而返。

【注釋】

妙：年少風流。
連手：手拉手。

【譯文】

潘岳年少風流有美麗的容貌，少年時挎著彈弓從洛陽的大道出去打獵，女人們看到他的人，都會手拉手把他圍在中間。
左太沖奇醜無比，也效仿潘岳的樣子出遊，結果一群老太婆一起對他亂吐唾沫，他只好頹喪地回來了。

世說新語‧容止

潘安仁、夏侯湛並有美容，喜同行，時人謂之「連璧」。

【注釋】

璧：魏晉時期的男子崇尚皮膚白嫩，所以一般稱漂亮的男人為：「璧人。」表示此人白得和璧玉一樣。

【譯文】

潘安和夏侯湛兩人都很漂亮，而且喜歡一同行走，當時人們評論他們是連璧。

世說新語‧文學

夏侯湛作〈周詩〉成，示潘安仁。安仁曰：「此文非徒溫雅，乃別見孝悌之性。」潘因此遂作〈家風詩〉。

【譯文】

夏侯湛寫好了〈周詩〉，給潘安，潘安說：「你的詩不僅溫文爾雅，而且特別體現了孝悌的本性。」潘岳受到影響，因此寫了〈家風詩〉。

世說新語‧文學

左太沖作〈三都賦〉初成，時人互有譏訾，思意不愜。後示張公，張曰：「此二京可三。然君文未重於世，宜以經高名之士。」思乃詢求於皇甫謐，謐見之嗟嘆，遂為作敘。於是先相非貳者，莫不斂衽讚述焉。

【譯文】

左思剛剛寫成《三都賦》，當時的人交相譏笑非難，左思心裡很不舒服。後來他把文章拿給名士張華看，張華說：「這可以和《兩都》、《二京》媲美。可是您的文章還沒有受到世人重視，應當拿去通過名士推薦。」左思便拿去請教並懇求皇甫謐。皇甫謐看了這篇賦，很讚賞，就給賦寫了一篇序文。於是先前非難、懷疑這篇賦的人，又都懷著敬意讚揚它了。

絕醜左太沖，躋身名士排行榜！

娘～兒子終於有出息了！能和好多大帥哥站在一起了！

金谷二十四友星光簽售會

哇啊～好耀眼～！好閃亮！

石郎～～世上為何會有如此完美的男子！

陸家兄弟～阿花永遠支持你們！

中間的兔子是怎麼回事？？

小潘潘，好帥哦～我的目光無法移開了！怎麼辦！

第貳話

◉ 偷窺晉代奢靡茅廁

◉ 魏晉型男鑑賞手冊2：
　「玉人」庾長仁

偷窺晉代奢靡茅廁

看古代富豪如廁！「世八」特派記者獨家報導！

無不華備；
置甲煎粉、沉香汁之屬，
皆麗服藻飾。
石崇廁，常有十餘婢侍列，
世說新語·汰侈

大富豪石崇家的廁所裡，經常有十多個穿著華麗的衣服，打扮漂亮的婢女隨時待命侍候，廁所裡從洗手和擦臉的護膚品到去除異味的香薰，無不準備齊全，等待主人與客人前來如廁。

錦囊：內裝刮屁股的軟木片

草木灰：如廁後，由婢女撒入草木灰，掩臭味、除臭氣、預防疾病等

樂娘：彈奏樂器，消除客人無聊情緒

澡豆：便後洗手用

茅坑：如廁用

華服：如廁後為了避免衣服上有臭味，更換新衣

薰香爐：去處異味

乾棗：塞鼻子防臭氣

這些漂亮的婢女們守在茅坑邊，為了不讓如廁後的客人們帶著臭味回去，會讓賓客換上新衣服，如廁的客人們因為害羞，拉撒無法盡興，都不敢上富豪石崇家的廁所。

客多羞不能如廁。

又與新衣箸令出，

公子請用軟木刮刮屁股吧。

公子請換內褲～

公子請換內衣～

哇！不要過來！人家可是守身如玉的好青年！

扭捏

唉唷唷！羞死人了啦！討厭～

扭捏

眾賓客都無法適應石崇家奢靡的廁所文化，不過大將軍王敦卻是一個例外，他上廁所，就敢脫掉原來的衣服，泰然自若、神色傲慢的由婢女們伺候著穿上香噴噴的新衣服。婢女們互相評論說——

「此客必能作賊！」

神色傲然。群婢相謂曰：

脫故衣，箸新衣，

王大將軍往，

喔耶～！

come on!baby!
I prepared～

轉身

這位是哪裡的高人？

不認識，不過我知道這個客人一定會成為當世梟雄！

大富豪石崇的婢女一語道破了天機，

嗯，此人要留意……

大富豪石崇

永昌元年（322年），王敦從荊州起兵，以誅劉隗為名進攻建康，引發了歷史上著名的「王敦之亂」，次年謀求篡位，324年因重病逝世，「王敦之亂」才得以平定。

衝啊！

自此，「王敦之亂」與他的廁所逸事，一起成為了歷史上濃重的一筆。

如果沒有在自家廁所的一番歷練，估計這位西晉大將軍也不會在石崇家的茅房裡如此「神色傲然」。
王敦被晉武帝招為武陽公主的駙馬，新婚之夕，頭一回使用公主的廁所。

世說新語‧紕漏

王敦初尚主，如廁，

咩哈哈～今日娶得美嬌娘～
酒足飯飽上茅房～

老爺請用。

啥？蹲坑還有零食吃？
俺老婆的廁所就是不同凡響！

哇！老爺！
那是塞鼻子
用的！

見漆箱盛乾棗，

本以塞鼻；

王謂廁上亦下果，

食遂至盡。

廁所裡的婢女手裡拿著盛乾棗
的漆箱，王大將軍見狀只當是
「登坑食品」，便全部吃光。

原來漆盒裡的乾棗是貴族們如廁時用來塞住鼻孔，堵住撲鼻而來的臭味之用。

正確使用方法

塞

咕啾

臭 臭 臭

你用棗堵住鼻子，聞不見臭味，可是嘴巴卻吸進了臭氣，豈不是更噁心？

嚇……這倒也是……

嚼嚼

老爺請用～

嚕嚕嚕

啥？便便完還有粥喝？

候完事後，侍婢端來一盤水，還有一個盛著「澡豆」的瑠璃碗，

瑠璃盤盛澡豆，
婢擎金澡盤盛水，
既還，

因倒箸水中而飲之，

咕嚕……

王敦又把這些「澡豆」*倒在水裡，一飲而盡。

*澡豆：宋代以前，洗臉、淨手、浴身的時候，沒有成團的「肥皂」，而是使用「澡豆」。孫思邈《千金方》記載，澡豆由丁香、沉香、青木香、桃花、鐘乳粉、真珠、玉屑……等二十四味中藥研末製成，洗後皮膚白皙光滑，是當時富家女們的護膚聖品。

眾婢女全部掩著嘴嘲笑這位王大將軍。

群婢雖然嘲笑王敦的粗俗，不過在那個清風雅量盛行的晉代，豪邁得有些粗俗、直率得有些缺心眼的王將軍，顯得如此特別，又如此可愛^_^

魏晉型男鑑賞手冊.2

庾統
字長仁，少有令名，司空、
太尉辟，皆不就。
年二十九，卒。
外形指數★★★
才藝指數★
政治成就★★
人品指數★★★★
綜合指數★★★☆

「玉人」庾長仁
隨刊附贈限量寫真海報《床》

庾哥現身吳國驛亭
明星光芒照耀全場

庾統（庾長仁）和他的弟弟們，有一天一起到吳國。大家想在驛亭裡住宿。

世說新語‧容止

庾長仁與諸弟入吳，

欲住亭中宿。

庾統的幾個弟弟先進了驛亭，誰知滿屋都是平民百姓，這些人一點迴避的意思也沒有，庾統和他的弟弟們根本無法進去。

諸弟先上，
見群小滿屋，
都無相避意。

快出牌啊！

玩完這局再說！

不要鬧啦！

抓到你啦！

哇哈哈，
傷你家阿毛！

我家大黃可沒咬
給你，就是不

來來來！再來一杯！

爹爹！
寶寶便便！

馬上就煮好了！
熱茶～熱茶～二文二杯！

三位公子來
這裡幹啥啊？

沒辦法，我試著進去看看吧～

長仁曰：「我試觀之。」

大哥！
我看這裡
沒法兒
住啊！

咱們還
是繼續
趕路吧
……

這麼晚趕路，
豈不是要露宿
街頭？

「玉人」庾統

豬博士教新語

世說新語‧汰侈

石崇廁，常有十餘婢侍列，皆麗服藻飾。置甲煎粉、沉香汁之屬，無不畢備；又與新衣箸令出，客多羞不能如廁。王大將軍往，脫故衣，箸新衣，神色傲然。群婢相謂曰：「此客必能作賊！」

【注釋】

侍列：侍位，在各自的位置上侍候。

藻飾：修飾；打扮。

甲煎粉：一種香粉。

沉香汁：沉香木製成的香水。

【譯文】

石崇家的廁所，經常有十多個婢女各就各位侍候，都穿著華麗的衣服，打扮起來；

並且放上甲煎粉、沉香汁一類物品，各樣東西都準備齊全。

又讓上廁所的賓客換上新衣服出來，客人大都因為難為情而不敢上廁所。

大將軍王敦上廁所，就敢脫掉原來的衣服，穿上新衣服，神色傲慢。

婢女們互相評論說：「這個客人一定能成為亂世梟雄！」

世說新語・紕漏

王敦初尚主，如廁，見漆箱盛乾棗，本以塞鼻；王謂廁上亦下果，食遂至盡。既還，婢擎金澡盤盛水，瑠璃盌盛澡豆，因倒箸水中而飲之，謂是乾飯。群婢莫不掩口而笑之。

【譯文】

王敦剛和公主成親時，上廁所，見漆盒裡盛著乾棗，這個是用來塞鼻子的，王敦以為上廁所還有點心吃，就都吃完了。等上完廁所，侍女用金澡盆盛水，瑠璃碗裡放著澡豆，是讓他洗手用的，他以為是乾飯，就倒入水中吃了，侍女們沒有不掩著嘴笑的。

世說新語・容止

庾長仁與諸弟入吳，欲住亭中宿；諸弟先上，見群小滿屋，都無相避意。長仁曰：「我試觀之。」乃策杖將一小兒；始入門，諸客望其神姿，一時退匿。

【注釋】

退匿：退避藏匿。

【譯文】

庾長仁和弟弟們過江到吳地，途中想在驛亭裡住宿。幾個弟弟先進去，看見滿屋都是平民百姓，這些人一點迴避的意思也沒有。長仁說：「我試著進去看看。」於是就拄著拐杖，扶著一個小孩，剛進門，旅客們望見他的神采，一下子都躲開了。

第參話

◉ 魏晉悍婦妒妻，懼內名士大盤點

◉ 最狠狽懼內名士、
最溫情的說謊名士、最潑悍正室、
最淡定二奶、最聰慧妒妻

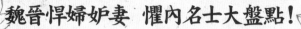

魏晉悍婦妒妻 懼內名士大盤點！

世有勇足以馭三軍，而威不行於房闈！
智足以周六合，而術不運於紅粉！
俯首低眉，甘為之下！含憤茹嘆，莫可誰何？！

最狼狽懼內名士——王導

一言不合，當場掀桌！

硬漢疑似情緒崩潰

嚇！

吼！

丞相息怒！

王導
獅子吼嚇壞路人！

以和諧人士著稱的王丞相為何如此失態？！這一切都要從王導王大丞相的弱點說起——

王導，字茂弘（276～339），又稱阿龍、王丞相、仲父。晉琅邪臨沂（今山東臨沂）人。

年輕時即識見高雅，胸襟開闊。西晉亡，遂與從兄王敦立司馬睿為帝。以功拜丞相，號為仲父。權重一時，時人謂之：王與馬，共天下。為東晉王朝立下蓋世奇功。

王導

肌肉、人品俱佳，無論是功績還是仕途都可謂縱橫捭闔的真英雄王大丞相，其實有一個世人皆知的弱點——懼內！

夫人，阿白和阿黃探得老爺在建建十五號買下一幢別墅，包養了幾位美女。

Sit down！Mr. Yellow and Ms. White！

什麼？王導那死鬼！吃了豹子膽嗎？

曹氏性妒，導甚憚之，

贈金章紫綬。初，

是歲，妻曹氏卒。

王導之妻 曹淑

王導的老婆曹淑，是彭城曹韶的女兒。雖然司馬氏篡了曹家的天下，但曹氏在當時也還是名門望族，所以曹淑的性子很剛烈，不喜歡和別的女人共侍一夫。可憐王大人身為國家重臣，連個納妾的膽量也沒有，只能偷偷在外面金屋藏嬌，算是「包二奶」。誰知王夫人早已布下眼線，帶著人馬前來算帳。

老爺！不好了！夫人帶著大批人馬殺過來了！

啥？！

Mr. Yellow！Ms. White！死鬼在哪兒！

鏘鏘鏘鏘鏘鏘！

乃密營別館，

以處眾妾。

曹氏知，將往焉。

汪汪

王丞相不雅事件！

導恩妾被辱，遣令駕，猶恐遲之，以所執塵尾柄驅牛而進。

豪宅養小蜜！偷吃被抓包！

老王一聽說老婆來了，二話不說，慌忙跑路，因為太匆忙，居然手持長柄的拂塵駕著短轅的牛車逃命，此八卦勁爆京城。有個叫蔡謨的官員一點同情心都沒有，居然當著老王的面開玩笑——

司徒蔡謨聞之戲導曰：朝廷欲加公九錫。導弗之覺，但謙退而已。

聽說皇上要給您老加九錫*了。

不敢不敢，老臣何德何能，能受陛下厚愛。

也沒別的，就是短轅的牛車和長柄的拂塵。

臭小子！想當年老子威風的時候，你小子還不知道在哪兒呢！

仲父息怒……

謨曰：不聞餘物，惟有短轅犢車，長柄塵尾。導大怒，謂人曰：吾往與群賢共遊洛中，何曾聞有蔡克兒也。

王大人一生歷經數朝，名揚四海，榮耀無限，子孫滿堂，雖有悍妻，卻也算是功德圓滿。

婚姻專家豬大夫

*九錫，天子賜予大臣的最高禮遇，包括車馬、衣服等九種禮器。

最溫情的說謊名士——王衍

王衍（256～311），字夷甫，西晉大臣。曾任尚書令等要職，官至太尉。

王夷甫容貌端莊、漂亮，善於談玄，平常總拿著白玉柄拂塵，白玉的顏色和他的手一點也沒有分別。

世說新語·規箴

王夷甫婦，郭泰寧女，才拙而性剛，聚斂無厭，干豫人事；夷甫患之，而不能禁。時其鄉人幽州刺史李陽，京都大俠，猶漢之樓護，郭氏憚之……

王衍

王衍之妻 郭氏

李陽

世說新語·容止

王夷甫容貌整麗，妙於談玄，恆捉白玉柄塵尾，與手都無分別。

王夷甫（王衍）的妻子，是郭泰寧（郭豫）的女兒，頭腦愚笨卻性情暴烈，貪得無厭，愛干預別人的事情。王夷甫懼內而束手無策。王夷甫的同鄉，幽州刺史李陽是京城著名的俠客，不光為人很暴力，長得也很兇悍，郭氏非常懼怕他。

豬博士教成語

聚斂無厭

【解釋】
聚斂：搜括，盤剝。
厭：飽，滿足。
【含義】
盡力搜括錢財，永遠也不滿足。形容非常貪婪。

王夷甫見自己的蠻妻屢教不改，於是乎搬出了自己的老鄉——

不只是我說你不好，就連我的哥們李陽也看不慣你的所作所為，他說你要是再不收斂，就要找你好好談談！

嚇？李陽？他在哪兒？好可怕！

夷甫驟諫之，乃曰：「非但我言卿不可，李陽亦謂不可！」郭氏為之小損。

老公你快和他講，奴家再也不敢放肆！奴家知錯了！

小親親，你害怕的模樣好可愛，若你平時都如此乖巧，我又怎會不愛你？

老公……

老婆～

老公～

王夷甫看到妻子嬌憨的模樣，忍不住捧起她的小臉，無限溫柔……

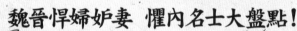
婚姻專家豬大夫

王夷甫雖說了謊，不過妻子自此不敢再造次，可謂是「愛之謊言」，作為婚姻調和劑而不可缺也！

魏晉悍婦妒妻 懼內名士大盤點！

最潑悍正室vs最淡定二奶

老公不是你想搶就能搶的！！！

南康公主 劍指

李勢之妹

桓溫（312～373），字元子，又稱桓宣城，宣武侯，桓公。

「既不能流芳後世，不足復遺臭萬載邪！」桓公不成想生前的一句悲憤之言竟成身後永世之讖語。桓溫一生自命英雄，豪情萬丈，敢愛敢恨。

可惜，自己的老婆是當朝公主，一代梟雄桓大將軍在外耀武揚威，在家卻不敢造次。

桓溫

南康公主
桓溫之妻

世說新語·賢媛
桓宣武平蜀，以李
勢妹為妾，甚有
寵，常箸齋後。

噹噹噹噹噹噹

親愛的！
書房裡
什麼也
沒有啊！

賊賤人！
老娘這就要
大開殺戒！

殺　殺

主始不知，既聞，
與數十婢拔白刃襲之。

噹噹噹噹噹噹

桓溫平定蜀國後，把李勢的妹妹帶回家來了個金屋藏嬌，後來走漏消息，桓溫的妻子可不是吃素的，乃是潑辣霸道的南康公主，她得知向來對自己必恭必敬的老公居然在書房中藏著美人兒，氣急敗壞的帶著數十名手持武器的女僕前來興師問罪！

騰！

什麼？

只見被桓溫藏在書房的那位李姑娘，端坐在鏡子前梳頭，長髮垂落地上，膚色如同白玉般閃亮白皙，李美人面色從容的靜靜地看著南康公主。

國破家亡，我身不由己做了俘虜，被送到這裡來，要殺的話，就請快動手吧，免得我忍辱偷生、苟活人世！

正值李梳頭，髮委藉地，膚色玉曜，不為動容，徐曰：「國破家亡，無心至此；今日若能見殺，乃是本懷！」主慚而退。

哇啊！她……她不是人！是仙女！！！

哇啊！好美！好仙！好閃！快退！

快速倒退

噗

噗

手拿利刃的潑悍公主顯然被眼前李美人的絕色姿容，及不亢不卑的言語行為所震懾，和婢女們慚愧的委身退出房間。

暴力公主最終明白罪魁禍首不是李姑娘，而是她的好色老公，其實女人又何苦為難女人呢？

婚姻專家豬大夫

最聰慧妒妻——劉氏

其實我最崇拜的人就是——謝安！

安妻劉氏，劉惔之妹，機智幽默，常與謝安談古論今，臧否人物。

字安石（320～385）又稱太傅，謝太傅。晉陳郡陽夏（今河南太康）人。

謝安妻劉氏，劉惔之妹。

謝安

劉氏

卡嚓

卡嚓

襄虫流才子李白也嫉妒的男人

人生的贏家——

謝安

謝安風流人物，欲納妾，然知夫人性妒，必不蒙允，冀以禮相諷，夫人或許能稍稍寬容。

劉氏機智幽默，謝安和她感情很好，常和她一起議論時事人物。謝夫人性格剛強，不許謝安納妾，可是著名的謝太傅頗好聲色，被當時的人們戲稱：「江左風流宰相，唯謝安一人而已。」

風流的謝安自然也有三妻四妾之想，但懼怕老婆劉氏，不敢親自開口要求納妾，便請了侄子、外甥代為遊說。謝安的子侄們接到這個艱鉅使命，也不敢在嬸孃面前單刀直入，直奔主題，於是顧左右而言他──

外甥們拿《詩經》裡的〈關雎〉、〈螽斯〉說事兒，旁敲側擊說什麼〈關雎〉、〈螽斯〉中也宣揚女子有不忌之德，言下之意就是讓嬸孃應該遵守婦德而不要干涉謝安納妾。聽到子侄們綿裡藏針的言辭後，劉氏也不以為然。

劉氏不愧是清談名士劉惔之妹，聽到他們上綱上線地搬出了周公，立即靈機一動，以彼之道還之彼身——

哼！周公是男的，當然幫著男人說話。如果是周公老婆寫的，一定沒這種包庇男人的話！

是語。

姥撰詩，當無

公是男子，周

夫人答曰：周

哇哩咧！這群沒用的東西！

舅母說的是！小侄告辭！

喵呀！

祝您和舅舅永結同心！

快速倒退

嗚……娶不到小妾

娶不到小妾……

碎碎唸

畫圈圈

死鬼想娶小妾？還讓侄子們當說客！

等著瞧！

不讓謝公納妾也就罷了，劉氏平日間更是以折磨謝太傅為樂！

相公～看你近日鬱鬱寡歡，奴家特意為你準備了娛樂節目，相公一定歡喜～

什麼娛樂都讓我無法開心，卿若真關心我，就該聽聽侄兒們的勸啊！

謝夫人時常召集一幫樂妓圍在帳子裡，讓她們表演歌舞，只讓謝公看到舞女們圍簾下曼妙身姿。
謝公心癢難耐，請夫人暫且寬限，允許他也能鑑賞片刻。不料謝夫人卻說──

啦啦

啦啦

老婆～好老婆～快掀開圍簾讓我看看舞姬～！

我怕如此損傷了您的盛德啊！

哈？！

謝太傅道德漩渦

轟隆隆隆隆隆隆！

世說新語·賢媛

謝公夫人幃諸婢，使太傅索見，便下幃。太傅索之，使太傅暫見，便下幃。太傅索。更開，夫人云：「恐傷盛德。」

現場報導！

他也是男人，做夫人的就要多為他著想～

我問你愛我有多深～啦啦啦～

夫復何求──

夫妻大方秀恩愛

風流謝安的幸福生活

夜店搬回家娶妻當如是

劉氏善妒傳聞不攻自破

謝太傅有苦卻又說不出，白白羨煞了其他名士，謝夫人雖善妒卻聰慧妙語，使人不覺其厭，唯覺其繡口錦心，實乃安公良配……

婚姻專家豬大夫

嘿嗐 啪！ 唷！

豬博士教新語

郭氏為之小損。

卿不可，李陽亦謂不可！」

諫之，乃曰：「非但我言

樓護，郭氏憚之；夷甫驟

李陽，京都大俠，猶漢之

能禁。時其鄉人幽州刺史

豫人事；夷甫患之，而不

拙而性剛，聚斂無厭，干

王夷甫婦，郭泰寧女，才

世說新語・規箴

【注釋】

憚：（ㄉㄢˋ）怕，畏懼。

樓護：字君卿，山東人，做了多年京兆吏，贏得了很高的聲譽。

【譯文】

王夷甫（王衍）的妻子，是郭泰寧（郭豫）的女兒，頭腦愚笨卻性情暴烈，貪得無厭，愛干預別人的事情。

王夷甫為此事發愁卻束手無策。當時他的同鄉，幽州刺史李陽是京城的俠客，就像漢朝的樓護，郭氏懼怕他。

王夷甫屢次規勸郭氏，並且說：「不只是我說你不好，李陽也說你不好。」郭氏就有所收斂。

世說新語‧容止

王夷甫容貌整麗，
妙於談玄；恆捉白
玉柄麈尾，與手
都無分別。

【譯文】

王夷甫（王衍）容貌端莊清秀，善於談玄，手裡總拿著白玉柄的麈尾，手和玉柄一樣潔白，完全沒有區別。

世說新語‧賢媛

桓宣武平蜀，以李勢
妹為妾，甚有寵，常
箸齋後。主始不知，
既聞，與數十婢拔白
刃襲之。正值李梳頭，
髮委藉地，膚色玉曜，
不為動容。徐曰：「國
破家亡，無心至此；
今日若能見殺，乃是
本懷！」主慚而退。

【譯文】

桓宣武（桓溫）平蜀後，把李勢的妹妹收為妾，非常寵愛她，總是讓她住在書房後面。

桓溫的妻子南康長公主開始不知道此事，後來聽說後，帶著幾十個婢女持刀去殺她。

當時李氏正在梳頭，長長的頭髮垂落到地上，膚色如白玉一般光潔。看到公主後，她毫不動容，

徐徐說道：「國破家亡，我也並不想這樣。今天如果你能殺了我，就合了我的心願了。」公主很慚愧，退了下去。

世說新語‧賢媛

謝公夫人幃諸婢，使
在前作伎，使太傅暫
見，便下幃。太傅索
更開，夫人云：「恐
傷盛德。」

【譯文】

謝公（謝安）的夫人把婢女們圍在帳子裡，讓她們表演歌舞，只讓謝公看了一會兒就落下帷幕。

謝公要求打開，夫人說：「我怕傷害了你的大德。」

高幹子弟、飽學才子、宅男鼻祖、狗仔宗師

跨界閃光的傳奇男子——劉義慶

八卦爛煙田
Gossip Field

堂叔

南朝宋武帝劉裕

生父

長沙景王劉道憐

養父

臨川王劉道規

十七歲升任尚書左僕射（相當於副宰相），二十九歲為避禍引退外調，任荊州刺史。

《世說新語》主編
超腥身世獨家爆料！

到底是什麼讓他放棄高官厚祿投身八卦事業？！
是什麼？！是什麼？！是什麼？！

好帥！

帥到天理不容！

臉好小！皮膚好棒！完全看不到毛孔！

系出名門！內外兼修！

劉義慶（403〜444），字季伯，彭城（今江蘇徐州）人，南朝宋文學家，十七歲就當上了副宰相，後來為了躲避宗室殘殺，辭去官職外調任荊州刺史，頗有政績。

劉義慶年輕時就喜歡遊山玩水，但是後來因為身體不好，便宅在家裡，與結識的僧人和文人墨客們撰寫《世說新語》。

《世說新語》中的許多故事與典故成為千百年來的經典，而其中對名士帥哥的描寫手法更是成為後人的評判標準！引來古今中外少女們的幻想，一千多年過去了，這些帥哥的粉絲團卻長興不滅！

劉主編的用詞精鍊老辣，就連「無產階級文學家」代表——魯迅先生也稱讚——「記言則玄遠冷俊，記行則高簡瑰奇……」

第肆話

● 國民弟弟衛玠猝亡，被活活「看死」

● 美少年的成長經歷

觀者猛於虎　玉人駕鶴歸

「國民弟弟」衛玠猝亡，死因令人啼笑皆非

型男陸信運動街拍

側帽旋風狂掃京都

北周美男子獨孤信長得很帥，所以常有人效仿他的裝束，堪稱潮流風向標！

圖為阿信打獵歸來，頭上的帽子被吹歪也來不及扶正。結果第二天，全城男子皆模仿獨孤信側帽而行！

因上月發生舅舅阮籍被偷窺事件，同為竹林七賢之一的阮咸急購新豪宅！背山面水私密性極佳！為躲避狗仔和熱情民眾，隱士們可謂費盡心機！

世說新語．八周刊

A New Account of Tales of the World. 8

改編繪畫—豬樂桃

只售新台幣貳拾元

今日黃曆

共和國62年 農曆庚寅年【虎年】

宜	12月15日	忌
出行 沐浴 理髮 補垣 臺六	十一月初十 庚寅年月 庚子月日 己亥日	入宅 安葬
	沖蛇　煞西	
正沖	癸巳　　值神　　閏	
胎神	占門床房內南	
彭祖 百忌	己不破券二比並亡 亥不嫁娶不利新郎	*廣告

四國蹴鞠邀請賽 —— 西域蹴鞠豪門胡人隊開幕戰！

城西八萬人校場
十二月初十申時

鞠彩競猜：
每注兩文錢！
頭獎伍萬兩！

驕色　尤勒芙　皮阿克　賽小法　李細妹　貝殼漢

教頭　副挾　正副　球頭

編輯部：沐京劉氏圖文公司　　發行：沐京皇都發行總公司　　訂購方式：每周五早，沐京東城門下發售

看殺衛玠

碧潤之玉風姿絕世

不堪圍觀魂銷香斷

小衛衛！

衛衛！轉過來轉過來！

小衛衛！看這邊看這邊！

衛衛！衛衛！

衛仔！偶愛你！

噩耗

人氣極高、素有「國民弟弟」之稱的清談名士、被女性票選為「最想與之約會」第一名的傳奇美男**衛玠**

昨日竟於建康街頭被一群瘋狂粉絲活活**看死**?!

痛心之餘，本報將從頭回顧衛玠的成長經歷！力求找出慘劇發生的深層原因……

「國民弟弟」衛玠，從小就長得美，在他還是少年時，常乘著白羊車行駛於洛陽街市上，圍觀的群眾都問：「這個白璧一樣的孩子是誰家的？」……後來「璧人」這個詞，成為後世白嫩帥哥們的代名詞。

世說新語‧容止

驃騎王武子，是衛玠之
舅，雋爽有風姿；

騰！

驃騎王武子

武子
好帥哦！

閃閃

閃閃

哇，是小武哥耶～

真是人中龍鳳！

驃騎將軍王武子是衛玠的舅舅，相貌俊朗、英姿颯爽。每次見到衛玠，總是嘆道：
「與衛玠一起出遊，如明珠在身旁般光彩照人，讓我覺得自己相貌醜陋！」

舅舅～我剛去買了
一枝梅，好美～

刷！

哇啊！不要靠過來！

刷！

光芒萬丈

嚇

見玠，輒歎曰：「珠玉
在側，覺我形穢！」

豬博士教成語

啪！

嘿嘖

自慚形穢

【源起】
南朝宋‧劉義慶
《世說新語‧容止》：
珠玉在側，覺我形穢。

【含義】
形穢：形態醜陋，引伸為
缺點。因為自己不如別人
而感到慚愧。

嗚嗚嗚
……

衛玠十多歲的時候曾與名士樂廣討論夢的由來。

樂伯伯，夢是什麼？

是你心中所想。

世說新語‧文學

衛玠總角時問樂令「夢」，

身體和精神不接觸，卻能做夢，這難道也是心中所想嗎？

沒有人夢見坐著車進了老鼠洞，沒有人夢見把鐵棍搗成碎末來吃，這都是因為心中沒有念頭，所以不會夢見啊～

兩人對話都讓咱家庭院生輝了呢～

老婆，那是你兒子和你老公我的世交啊！

析之：衛病即小差。

成病。樂聞，故命駕為剖

衛思「因」經月不得，遂

啊……為什麼沒有想到的事情就不能做夢呢？雖然想反駁，可是卻的確如此啊……

哇呀！

靈魂出竅

小衛！夢境是日常見聞與思想的延伸！不要再糾結了！

衛玠百思不解，居然因此病倒了。

當必無膏肓之疾！

樂歎曰：「此兒胸中

啊，樂伯伯！日有所思夜有所夢！我終於明白了！

騰

呼呀！雖然愛鑽牛角尖，不過這孩子心中應該不會有什麼大病～

樂廣為他詳加解釋，美少年衛玠的病這才好了。估計因為這次的玄理詰辯，讓樂廣對衛玠小朋友產生了好感，後來將自己的二女兒嫁給了他。

「國民弟弟」衛玠成為美中年樂廣的女婿，一位姓裴的名人以「冰清玉潤，秦晉之匹」稱譽兩人，歷史上最著名的「美貌翁婿」組合，自此誕生～！

世說新語・言語

劉孝標注引《玠別傳》

裴叔道曰：「妻父

有冰清之姿，婿有璧

潤之望，所謂秦晉之

匹也。」

豬博士教成語

冰清玉潤

【源起】
原指晉樂廣衛玠翁婿倆操行潔白。

【含義】
後用「冰清玉潤」稱譽岳父女婿。也比喻人清正廉潔，品德高尚。

文學世家大聯姻　翁婿輝映成佳語

哇呀！好閃亮的兩人！

長子樂謨

次子樂肇

姐夫……

三子樂凱

老公……

樂廣之妻

好美的兩個人兒唷～

大女兒樂氏

大女婿司馬穎

新娘樂氏

唉唷喂老婆！那可是親家和你的兒啊！

身為成都王的我，此刻也不得不自慚形穢了……小武！我此刻才體會到你的心情！

在玄學盛行的魏晉時期，莊子在《逍遙遊》中，
形容神仙姐姐的話語，深入士族子弟們的心中，

莊子‧逍遙遊
藐姑射之山，
有神人居焉，
肌膚若冰雪，
綽約若處子，
不食五穀，
吸風飲露，
乘雲氣，御飛龍，
而遊乎四海之外。

成為那個風香骨軟的時代中，名士們裝扮自己的標準。
也難怪「型男」王大丞相如此
羨慕衛玠弱不禁風、體不勝衣的黛玉式外表。

傲嬌貴公子王平子

哇呀呀呀呀呀呀呀
太絕倒了!!!

王兄今天也是
很有元氣啊！

呵呵

世說新語‧賞譽
王平子邁世有儁才，
少所推服；
每聞衛玠言，
輒歎息絕倒。

繼正始之音 啟江表之聲
小衛衛談笑間傾倒傲嬌貴公子！

花美男衛玠精通老莊與理辯，家住琅邪的王平子是位傲嬌的貴公子，對誰都不服氣，可是在聽衛玠清談時，
就算坐著，也不自禁的佩服得倒地。後來「衛君談道，平子三倒」成為一段佳話，流傳至今兩千年。

衛玠以為，自己的身體雖然羸弱，但有嬌妻陪伴、完美的家庭、光明的仕途，人生就這樣簡單幸福地過下去了。可是八王之亂引發兩晉交替，衛玠所在的西晉都城洛陽淪陷，為逃避戰亂，他只得攜家眷投奔駐守豫章的大將軍王敦。

騰騰騰騰騰騰

世說新語・文學

衛玠始度江，見王大將軍，因夜坐；

大將軍命謝幼輿。

衛玠拜見大將軍王敦，王敦因為粗陋的性格從來都不被名士們待見，聽說衛玠來訪非常興奮，但是也擔心和這位才色兼備的帥哥話不投機，於是請來了和自己關係不怎麼好，卻善於玄理詰辯的謝鯤（幼輿）。舟車勞頓的衛玠與謝鯤談得很投機，不顧虛弱得身體徹夜暢談，而興奮的王敦卻整夜都參與不進去。

哈哈，謝兄，人有所不及，可以情恕，意不相干，可以理遣。

哈哈～衛兄高見，堪稱處理人際交往的良方，小弟記下了～

唔……他倆到底講的是啥啊？

不如說點場面話，把話題接過來！

玠見謝，甚悅之，都不復顧王，遂達旦微言，王永夕不得豫。玠體素羸，恆為母所禁；爾夕忽極，於此病篤，遂不起。

哈……王將軍
過獎了……

今日聽了兄弟一席話，
不光是俺！就算是
俺哥兒們和平叔聽了，
都得絕倒～！

You're
perfect～！
老是聽說
衛兄弟特牛！
特厲害！

將軍……

衛玠看出王敦雖豪爽卻不是個忠臣，雖熱情卻是個沒什麼文化的粗人。
雖然徹夜暢談之後身體已疲憊不堪，但他還是決意前往建康，投奔靠譜的丞相王導。

空氣好清新，建康真
是個安靜的都城呢。

轟隆隆隆隆……

兒啊，娘有種
不好的預感…

我似乎感覺到
大地的某種
震動……

衛衛！

偶們等你好久…

小白璧！

親親我的小衛

衛愛癡狂

衛仔！愛你！

無怨無悔！

八周刊電視台全程爲您直播小衛入城場面！！

現在人群已達數千！如堅實的牆壁一般！小衛無法突出重圍！

哇啊！

我們是小衛衛護衛隊，我們將以生命爲代價保障小衛衛的安全！！

小衛在那邊，你對著鏡頭喊個什麼勁啊！

耶～！

哈利路亞小天使

閱其名，觀者如堵牆。

世說新語‧容止

衛玠從豫章至下都，人久

小衛！別走啊！快回魂！！

哇啊……

走開！走開！這裡沒有人要升天啊！

哈利路亞～哈利路亞～

哈利路亞～哈利路亞～

世

哈利路亞～

衛公子！

小衛衛！

玠先有羸疾，體不堪勞，遂成病而死；時人謂：「看殺衛玠。」

衛玠本來身體就很虛弱，加上旅途勞頓，與王敦、謝鯤兩人徹夜傾談，以及亡國之痛，就這樣在眾人的折騰下一病不起，最終魂銷香斷，得年二十七歲，時人稱爲「看殺衛玠」。這四個字與「貌賽潘安」一起，成爲千年來比喻帥哥們的經典成語。

回想當初兩晉交替，洛陽淪陷，衛玠南下避難，因長途跋涉，家國淪沒，妻子樂氏離世，面容憔悴、神色憂傷的他，在渡江之時對隨從說——

亦復誰能遣此！」

苟未免有情，

不覺百端交集；

「見此茫茫，

形神慘悴；語左右云：

衛洗馬初欲渡江，

世說新語・言語

看這茫茫的江水，不禁百感交集，人不可避免的，總是殘留著七情六欲，可誰又能排遣此刻我這悲涼的心情呢？

唔……

衛玠發出傷感而虛弱的感嘆之後沒過多久，便客死異鄉，這位冰清玉潔、綽約有致的，仙兒一般的美男子就此飛離凡塵，回去了真正屬於他的天堂。

豬博士教新語

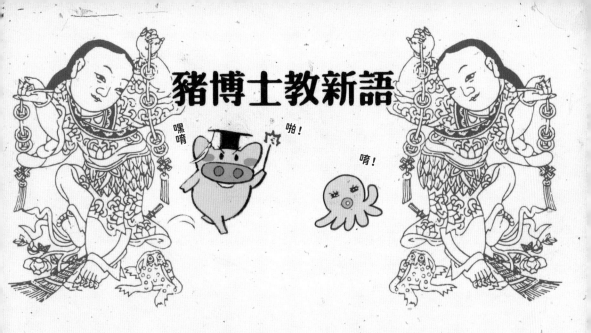

世說新語‧文學

衛玠總角時問樂令「夢」，樂云是「想。」衛曰：「形神所不接而夢，豈是想邪？」樂云：「因也。未嘗夢乘車入鼠穴，擣齏啖鐵杵；皆無想無因故也。」衛思「因」經月不得，遂成病。樂聞，故命駕為剖析之；衛病即小差。樂嘆曰：「此兒胸中，當必無膏肓之疾！」

【譯文】

衛玠小的時候，問樂令（樂廣）夢是什麼，樂廣說：「是心中所想。」

衛玠說：「形和神不接觸，卻能做夢，這也是心中所想嗎？」

樂廣說：「總是有原因的。你沒有夢見坐著車進了老鼠洞，沒有夢見把鐵棍搗成碎末來吃，這都是因為心中不想，沒有根據的緣故呀。」衛玠整天想著樂廣所說的因，一直也想不出結果來，最後竟病了。

樂廣聽到此事，就讓人拉著他來看衛玠，給他詳細講述，衛玠的病就好了。

樂廣讚揚說：「這個小傢伙內心沒有什麼大病。」

世說新語・容止

驃騎王武子，是衛玠
之舅，儁爽有風姿；
見玠，輒嘆曰：「珠
玉在側，覺我形穢！」

【譯文】

驃騎將軍王武子是衛玠的舅舅，容貌俊秀，精神清爽，很有風度儀表。
他每見到衛玠，總是讚嘆說：「珠玉在身邊，就覺得我自己的形象醜陋了！」

世說新語・容止

王丞相見衛洗馬，
曰：「居然有羸形，
雖復終日調暢，若
不堪羅綺。」

【譯文】

王丞相（王導）見到衛洗馬（衛玠）時說：「顯然身體很差，即使整日調養，看起來也像是不堪綺羅之重。」

世說新語・賞譽

王平子邁世有儁才，
少所推服；每聞衛玠
言，輒嘆息絕倒。

【譯文】

王平子超凡脫俗，才華卓著，很少有他欽佩的人。每次聽衛玠清談，就為之讚嘆傾倒。

世說新語‧文學

衛玠始度江，見王
大將軍，因夜坐；
大將軍命謝幼輿。
玠見謝，甚悅之，
都不復顧王，遂達
旦微言。王永夕不
得豫。玠體素羸，
恆為母所禁；爾夕
忽極，於此病篤，
遂不起。

【譯文】

衛玠渡江後，去拜見王大將軍（王敦），晚上坐著閒聊，大將軍就召來了謝幼輿（謝鯤）。
衛玠見到謝鯤很高興，都不顧和王敦說話了，就一起談論玄理，直到天明，王敦一晚上也沒撈著插話。
衛玠身體向來不好，母親一直不允許他應酬太多。這天晚上因為疲憊過度，就病倒了，從此臥病不起。

世說新語‧容止

衛玠從豫章至下都，
人久聞其名，觀者如
堵牆。玠先有羸疾，
體不堪勞，遂成病而
死；時人謂：「看殺
衛玠。」

【譯文】

衛玠從豫章郡到京都時，人們早已聽到他的名聲，出來看他的人圍得像一堵牆。
衛玠本來就有虛弱的病，身體受不了這種勞累，終於形成重病而死。當時的人說是看死了衛玠。

世說新語‧言語

衛洗馬初欲渡江，
形神慘悴；語左右
云：「見此茫茫，
不覺百端交集；苟
未免有情，亦復誰
能遣此！」

【譯文】

衛洗馬（衛玠）當初要渡江時，面容憔悴，神色憂傷，對左右的人說：「看到這茫茫江水，不禁百感交集。
如果人有感情，誰又能排遣這難言的的憂愁呢。」

第伍話

西晉汰侈鬥富擂台賽1
前所未有的華麗時代！誰能登頂財富金字塔？！

主辦單位：《世說新語·八周刊》、西晉洛陽市政府、金谷二十四友協會
協辦單位：富比士富豪至尊榜
特約主持：一代明君晉武帝

＊詳見第二版

世說新語·八周刊

A New Account of Tales of the World. 8

改編繪畫—豬樂桃

只售新台幣貳拾元

四國蹴鞠賽圓滿結束

決戰落敗，遠道而來的胡人隊員情緒低落。

主教練勒芙接受採訪時無奈地表示：中國男子蹴鞠隊的霸主地位無法撼動，想要戰勝中國隊，也許要再過一千年。

據悉其隨後將派遣U12小隊員來我國接受正統蹴鞠訓練。

我國健兒成功衛冕

胡人隊員淚灑綠茵

賀 金谷二十四友協會成立！

年度最夯文藝盛事 亞洲最強文學天團

以大美男潘岳，文豪左思，陸機，陸雲以及大富豪石崇為首的二十四位名士，昨日於石崇家中金谷園結盟，奏響了奢侈文風的集結號！會刊創刊號《金谷集》已於建康書局限量首發！隨書附贈24款紙醉金迷寫真卡！

今日黃曆

共和國63年 農曆庚寅年【虎年】

宜	1月15日	忌
祭祀 會親友 出行 訂盟 納采 沐浴	十二月十二日 庚寅年 己丑月 庚午日	造屋 開市 作灶 入宅
	沖鼠	煞北
正沖	甲子 值神 執	
胎神	占門床房內南	
彭祖 百忌	庚不經絡織機虛張 午不苫蓋屋主更張	

官家伎人教坊

府衙認證，正規辦學，學制三年，隨時入學。

包教！
包會！
包分配！

一技傍身，全家無憂。
庶民躍身上流社會之捷徑！只等你來……

報名地點：洛陽吉祥路231幢天字三號房

編輯部：汴京劉氏圖文公司　　　發行：汴京皇都發行總公司　　　訂購方式：每周五早，汴京東城門下發售

啊！這味道！

哈哈哈

又好似在陽光下盡情的奔跑～沒有束縛！

呵呵

蒸豚肥美，異於常味。帝怪而問之。

舌尖彷彿在溫柔的蜜汁中翻滾～！

小武！快告訴寡人～如此美味的乳豬是如何烹飪的？

這乳豬的做法連王愷和石崇都不會做呢～他們是用人奶餵養的～這位就是豬仔們的乳娘！

民女魏如花參見陛下～

←石化

答曰：「以人乳飲豚。」帝甚不平，食未畢，便去。王、石所未知作。

呼嚕……

呼嚕……

轟隆！

啥?!

汰侈選手VCR

王君夫
曲閣重閨

王愷字君夫，晉代東海郡郯（今山東郯城）地人，名儒王肅之子，晉武帝司馬炎的母舅，官至龍驤將軍、驃騎將軍、散騎長侍，生活極其奢侈，得武帝之助，與石崇鬥富。

王君夫（王愷）懲罰一個犯錯誤的人，將他的衣服扒光，丟在自家的豪宅之中。這位可憐的裸男在重重宅院之中迷路很多天，饑寒交加，精神崩潰，就在他奄奄一息的時候，王君夫才命人將他救了出來。

汰侈晉級賽

風姿英爽美皇婿PK驍騎將軍富皇舅

王武子 VS 王君夫

王君夫有一頭牛名叫八百里駮，他經常用珠寶裝飾牛的蹄角。王武子和王君夫以八百里駮為賭注比試箭法。王君夫自恃射術高明，並且覺得自己的牛那麼好，不會被殺，就答應了。

我射箭的技術不如你，今天就賭你的牛，我用這些財寶做賭注。

呵呵，那做哥哥就讓一步，小武先來吧～

世說新語・汰侈

王君夫有牛，名「八百里駮」，常瑩其蹄角。

�'哞

啪

咻

什麼？！

王武子語君夫：「我射不如卿。今指賭卿牛，以千萬對之。」君夫既恃手快，且謂駿物無有殺理，便相然可，令武子先射。

卻沒想到武子一舉中的。

小武！小八交給你了！
萬兩財寶我不要了～
君夫別無所求！只求你
好好待牠～！

你放心，我
會將小八視
如己出。

將軍，八百里駁的烤牛心
好了～趁熱吃了吧！

什麼？！

小……
小……
八……

唔……

武子一起便破的：卻據胡床

叱左右：「速探
牛心來！」須臾

炙至，一臠便
去。

武子退回來靠著胡床
（其實就是現在的馬
紮），命令左右將牛
心烤了，端上來吃。

卻只吃了一口，便揚長而去。

其實也不是很好
吃嘛……哎，回
家了回家了！

哇啊啊……小八！！！
爹爹對不起你啊！！！

咚

咚

耶～！下面公布本輪擂台的贏家——寡人的舅舅——王君夫～！

啥？

小八～！你沒有白死！

what the hell？！

淚流滿面

什麼？！明明是我贏了比賽！這裡有黑幕！潛規則！我不服！

首先你居然讓我吃如花餵養的豬仔！

其二！八百里駁是我送給舅舅舅媽的結婚禮物！小名牛牛！

哞

你殺了我的小牛牛！你賠！你賠！我要貶你全家去北邙山！

WHAT？！

王武子遭貶，把家遷到了北邙山下。當時人多地貴，王武子喜歡騎馬射箭，就買下一塊地，築起矮牆，把錢串起來，繞著矮牆轉了一圈。當時人們稱此為「金溝」。

世說新語‧汰侈

王武子被責，移第北邙下……於時人多地貴，濟好馬射，買地作埒，編錢布地竟埒，時人號曰「金溝」。

俺親眼目睹王將軍拿錢砸出了這條「金溝」！現在還能在溝裡發現當初殘留的錢幣～

我找到一枚！

石崇（249～300），西晉文學家，字季倫。祖籍渤海南皮（今屬河北），生於青州，小名齊奴。在就職荊州刺史期間，「劫遠使商客，致富不貲。」——指使治安部隊假扮強盜，靠打劫富商大賈的血腥勾當完成資本的原始積累，終於成為歷史上最著名的大富豪。

火浣相迎 石崇

王大人，皇上穿著火浣衫來了！

耕桑偶記

外國有進火浣布者，武帝製為衫。崇知之，身故常衣，而令從奴五十人，衣之幸石崇第。皆火浣衫以迎帝。

哇哈哈～小崇崇～你看你看我新做的火浣衫～

此衣穿髒了只要放在火中燒燒，立刻就乾淨了～哈哈～你沒有吧～哈哈哈～

快把我點燃！快把我點燃！

是！

呵呵～皇上玩得好Happy～那麼也給我的僕人們點上火吧。

什麼？！！！連僕人們都穿著火浣衫！

突突突突

番邦屬國進貢火浣布*獻給武帝司馬炎，武帝做成了衣衫，跑去向石崇炫耀，石崇知道後，命五十名奴僕身著火浣布迎接武帝。

*火浣布：用石綿纖維紡織而成的布。由於具有不燃性，在火中能去汙垢，所以中國早期史書中常稱之為「火浣布」或「火烷布」。

君夫作紫絲布步障碧綾裡四十里，石崇作錦步障*五十里以敵之。

*步障：晉代貴族富家出門要用步障遮住路的兩側，尤其內眷不欲路人看見。步障分為長形固定步障和方形活動步障——以橫桿展障，桿中間接一豎杖，由男役持之，可以隨人移動。婦女下車，即用步障遮之。

王君夫做了四十里長的紫絲布步障，裡子用的是碧綾，石崇就做了五十里的錦緞步障來和他抗衡。

洛陽豪門奢風盛　汰侈擂台興未艾

第陸話

● 西晉汰侈鬥富擂台賽 2
● 富不過石崇，窮不過范丹⋯
　死寶PK活寶

西晉沐侈鬥富擂台賽 2

是皇親國戚的他？
還是白手起家的他？
白熱化的金錢戰手！
首富，只有一個！

*詳見第二版

世說新語．八周刊

A New Account of Tales of the World. 8

改編繪畫—豬樂桃

只售新台幣貳拾元

丐幫大選 范丹上任

第一屆丐幫幫主總選日前在君山落幕，范丹以其過人才智與貧苦身家，在長老大會上全票通過，成為天下第一幫派的最高領袖，並確定青竹杖為丐幫LOGO！

雖然外界對他的健康狀況一直有所揣測，但大會上的他狀態良好。

＊圖為范丹其打造的狂熱弟子為他的等身泥像。

豪氣逼人！金谷園效果圖大公開！

宋朝畫家王詵所作《金谷園圖》近日公開，一組四幅，再現了絕世名園的風采，帶領觀者重返那個聚財奢縱的時代！

來自皇室的深情問候：吉日沐頭 老壽多宜。

覺得頭癢癢？有垢臭？……沒錯，這時您需要洗頭了！

上沖沖下洗洗～左搓搓右揉揉～有空再來握握手～

嚕啦啦～嚕啦啦～嚕啦嚕啦咧～

晉元帝司馬睿、太子司馬紹聯合出演公益廣告。

今日黃曆

共和國63年 農曆辛卯年【兔年】

宜	2月15日	忌
祭祀祈福殤嗣求殤攢入啟安葬	正月十三日 辛卯月 庚寅日 辛丑日	開光井灸行要宅瘟觔針出嫁入
	沖羊　煞東	
正沖	乙未　值神　閣	
胎神	廚灶廚房內南	
彭祖百忌	辛不合醬主人不嘗 丑不冠帶主不還鄉	

＊廣告

上元燈會

暨太一神宮廷祭祀典禮

今天，你去了嗎？
兔年正月十五，城東祈福門

＊鳴謝富春酒家提供元宵試吃贊助
名流雲集，精彩紛呈

編輯部：汴京劉氏圖文公司　　發行：汴京皇都發行總公司　　訂購方式：每周五早，汴京東城門下發售

賽事回顧

經過數輪殊死較量，王武子首先被淘汰出局，鬥富擂台最終成為王愷和石崇兩個人的賽場，三次平局之後，兩個人只能在加時賽中一決高下！

首富只有一個！誰能笑到最後！
接下來馬上進入加時賽！
HOHO！READY？GO！

OVER TIME
加時賽

本賽事由「只買貴的不選對的」——「汰侈洗衣粉」獨家贊助！

只要一到冬天，石崇家就賓客盈門，原因是富豪石崇總能快速地為客人們準備豆粥和只能在春天吃到的韭菜做的鹹菜。

世說新語·汰侈

石崇為客作豆粥，咄嗟便辦；恆冬天得韭萍虀；

為何石大人家的豆粥做得如此快速又美味？我彷彿吃到春天初戀的味道！

這鹹菜實在是太美味了！大人是如何在冬日採得春天才出產的韭菜？

快點告訴人家到底是怎麼做出來的嘛～！

這粥！這韭菜！

為何？為何連我從宮廷御膳房挖角來的御廚也做不出？！

為何？！

呵呵，天機不可洩漏～

國舅王愷

富豪石崇

石崇的牛外形體力都不及王愷的牛，他和王愷一起出遊，兩人比試誰能搶先進入洛陽城。

嘎！

啥！

騰！

牛絕走不能及；後，迅若飛禽，愷；洛城，崇牛數十步，爭入；遊，極晚發，而與愷出；王愷牛，而與愷出；又牛形狀氣力不勝

Why？！石崇這廝！到底用了什麼方法！！！

石崇的牛在幾十步後就能像飛鳥一樣，迅速超過王愷的牛，王愷的牛拚盡全力也追趕不上。

王愷忿忿不平，於是就暗地裡收買了石崇家的管家和車夫，詢問其中的奧祕。

愷每以此三事撻腕。乃密貨崇帳下都督及御車人，問所以。都督曰：「豆至難煮，唯豫作熟末，客至，作白粥以投之。韭蓱蒰，是擣韭根，雜以麥苗爾。」復問馭人牛所以駛。馭人云：「牛本不遲，良由馭者逐之不及；而反制之；急時聽偏轅，則駛矣。」

王愷全部照做，果然就戰勝了石崇。

愷悉從之，遂爭長。石崇後聞，皆殺告者。

石崇聽說此事，便把告密的管家和車夫全殺了。

延長賽 OVER TIME 1：1 平局

再一次平局！！再一次！！富可敵國的陶朱公、呂不韋在這一刻靈魂附體！他們代表了最強富豪悠久的歷史和傳統，這一刻石崇和王愷不是一個人在戰鬥，

他們不是一個人！——延長賽第二局！GO！

最後的決戰——鬥珊瑚！

你家有山不稀奇！有湖也不稀奇！有珊瑚才稀奇好嗎！

樣兒～富！

快點嘛！我要讓石崇那廝見識見識俺外甥送的寶物～！

石崇和王愷兩人都極盡奢華地裝飾自己的車馬服裝。晉武帝（司馬炎）是王愷的外甥，常常幫助王愷與石崇鬥富，這次又送給王愷一棵二尺多高的珊瑚樹，枝條扶疏，世間少有。王愷興奮地拿去向石崇炫耀。

今日拜訪，也沒別的事，我剛得一寶物，順路讓石兄開開眼～

……

哇塞～小王你的這枝珊瑚枝柯扶疏，世罕其比，可否讓哥哥仔細看看～？

啥？那看吧……

這麼順利就贏了？為何有種不祥的預感……

唉唷～不好意思～手滑了，手滑了～

哇啊！

哇～～～～～！

崇視訖，以鐵如意擊之，應手而碎。愷既惋惜，又以為疾己之寶，聲色方厲。

只見石崇舉起手中的鐵如意把珊瑚樹砸了個粉碎。

討厭討厭！那是皇帝外甥送給人家的！

你賠！你賠！

哎呀，真是拿你沒辦法，連個珊瑚也輸不起！

來人！把那些抬上來吧！讓王大人隨便挑挑。

君夫英武
小小拳

諾

崇曰：「不足恨，今還卿。」乃命左右悉取珊瑚樹，有三尺四尺條榦絕俗、光采溢目者六七枚；如愷許比者甚眾。愷惘然自失。

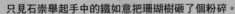

可憐的王愷還以為石崇妒忌自己的珍寶，聲色俱厲地指責石崇。只見石崇吩咐下人抬出無數珊瑚樹，有的三尺高，有的四尺高，枝條都極其漂亮，世上罕見，光彩奪目，這樣的珊瑚樹石崇有六七棵，和王愷那棵一樣的就更多了。

皇上也隨便選一枝吧，季倫送你。

什……什麼？！全部都是絕世美珊瑚！

哇～小崇崇對寡人真好～那寡人就不客氣囉～！

扭扭

本屆汰侈大賽圓滿結束！從全國各地富豪中決出的萬富之首，就是他——

砰！

石崇！

砰！

汰侈首富揭曉！

石崇榮登國際各大雜誌封面！

哇〜！

全球掀起汰侈中國風！

哇啊〜！

小石！

首富

嗚嗚……

小王，我不擇手段地要奪得汰侈魁首的真正目的，其實是為了向你、向世人證明我石崇的價值啊！

可惜億萬財富也無法換得世人的一句褒獎……

老石……

老爺，從王大人那裡贏來的五百萬兩黃金是否要分給「世人」？

開什麼玩笑！全都放到藏金樓！

……

殺

大人！您就喝一杯吧！這可是上等的蒼梧竹葉青！醇馥幽郁！實屬佳釀！嗚哇哇……

王大人！一杯酒一條命！您開開恩吧！

別哭啦！俺喝！喝！！！

哇啊啊…多謝大人救命之恩！

哇啊……

每至大將軍，固不飲，以觀其變。已斬三人，顏色如故，尚不肯飲。

一代梟雄——王敦大將軍想看看富豪石崇究竟會怎麼做，於是乎，輪到美人們敬酒給他時，便堅決不喝一口。石崇下令連殺了三個美女，王大將軍卻神色如故，依舊不肯喝酒。忠厚老實又有些微醺的王丞相責備起他……

大人！就喝一口！就一口！！！

切！他殺自己的人，又關我屁事？！

丞相讓之，大將軍曰：「自殺伊家人，何預卿事！」

王將軍，你就不能喝一杯，救人家姑娘一命嗎？

王將軍的一句話徹底擊敗汰侈富豪石崇的所有尊嚴！這時，石季倫才想起，此人正是多年前在自己家的那間奢華茅廁裡從容換衣服、上茅廁的那位「糙人」！（詳見《世說新語‧八周刊》第貳話報導）這位酒席中從容看著美人兒們被殺的王將軍，在石崇去世二十年後，發動了歷史記載中著名的「王敦之亂」。

石崇回憶畫面

耶～

哇啊！

在與王敦的PK中完敗的石崇，自尊剛剛平復，又迎來了一波更高更快更強的毀滅性打擊！

顛覆石崇汰侈首富地位的神祕對手到底是誰？！

富不過石崇，窮不過范丹。
讓石崇鼻酸心碎的男人！他的寶物到底是什麼？

死寶 PK 活寶

深度還原一代鉅富最苦澀的炫富經歷！

呵呵，范先生沒見過這麼多美女為您跳舞吧？來來～就當這裡是自己家，隨便吃點山珍海味吧～

……

范丹，字史雲，陳留外黃人，很有學問。為了給母親辦喪事而放棄萊蕪縣令的官職，落得生活貧苦，經常燒不起鍋，時人稱為「甑中生塵范史雲，釜中生魚范萊蕪」。也有傳說，他是丐幫之鼻祖。

石崇仰慕范丹才學，於是邀請他來自家作客，宴席擺在一個寬敞明亮的廳堂裡，有美女掌扇扇風，歌伎奏樂。桌面用碧玉裝成，黃金鑲邊，四隻桌腿用四塊金磚墊上，羅列山珍海味。富豪石崇雖想結交窮鬼范丹，卻掩不住的顯露出有錢人的傲慢。

石大人，你墊桌腿用金磚，雖然名貴，可那是死寶，不如我用兒子抱桌腿，這可是活寶，想怎麼移動就怎麼移動。

請問石大人，您有幾個活寶啊？

爹爹抱～

爹爹抱～

爹爹抱～

轟隆！

叔叔抱！

石崇雖然一生富貴，卻膝下無子，范丹的這句話深深刺痛他的心。
面前是無數貌美如花的美人兒，享不盡的奢靡生活，令人豔羨的財富與地位，可是，卻沒有一個真心朋友、至親家人。富可敵國的石崇，此時羨慕的卻是貧不勝言的范丹，一家貧苦卻溫馨的簡單生活……

老爺～這是從西域來的「Good Good」豔舞團～您還滿意不？

唔……

哈哈哈

大人～這是景城特供的美酒～您快嚐嚐～

大人～上次您賜給喜兒的玉環好美～這次奴家想要那對金鳳簪～好嗎～

未完待續

豬博士教新語

嘿唷 啪！ 唷！

世說新語·汰侈

武帝嘗降王武子家，

武子供饌，悉用瑠璃

器。婢子百餘人，皆

綾羅綺繡，以手擘飲

食。烝豚肥美，異於

常味。帝怪而問之。

答曰：「以人乳飲豚。」

帝甚不平，食未畢，

便去。王、石所未知

作。

【譯文】

有一次晉武帝（司馬炎）到王武子（王濟）家，王武子準備飯食，用的都是瑠璃器皿。

侍候的婢女有一百多人，穿的都是綾羅綢緞，手裡端著食品。王家蒸的乳豬味道鮮美，和一般的味道不同。

武帝感到奇怪，就詢問王武子。王武子回答說：「這是用人奶餵的小豬。」

武帝聽後很氣憤，飯沒吃完就走了。王愷、石崇兩家都不知道這種做法。

世說新語·汰侈

王君夫嘗責一人無

服餘衵，因直內，

箸曲閣重閨裡，不

聽人將出。遂饑經

日，迷不知何處去。

後因緣相為垂死，

迺得出。

【譯文】

王君夫（王愷）曾懲罰一個人沒穿內衣，在他去官府值班時把他放在曲折重疊的內院裡，不允許別人把他帶出來。

那人在裡面餓了幾天，迷迷糊糊的也不知從哪裡出去。後來碰上機會，快死了才被救了出來。

世說新語·汰侈

王君夫有牛，名「八百里駁」，常瑩其蹄角。王武子語君夫：「我射不如卿，今指賭卿牛，以千萬對之。」君夫既恃手快，且謂駿物無有殺理，便相然可，令武子先射。武子一起便破的，卻據胡床，叱左右：「速探牛心來！」須臾炙至，一臠便去。

【譯文】

王君夫（王愷）有一頭牛名叫八百里駁，他經常用珠寶裝飾牛的蹄角。王武子（王濟）對王君夫說：「我射箭的技術不如你，今天就賭你的牛，我拿千萬錢作賭注。」王君夫自恃射術高明，並且覺得自己的牛那麼好不會被殺，就答應了，讓王武子先射。王武子一舉中的，他退回來靠著胡床，命令左右馬上把牛心掏出來。

一會兒，烤好的牛心端了上來，王武子吃了一塊就走了。

世說新語·汰侈

王武子被責，移第北邙下；于時人多地貴，濟好馬射，買地作埒，編錢布地竟埒，時人號曰「金溝」。

【譯文】

王武子（王濟）遭貶，把家遷到了北邙山下。當時人多地貴，王武子喜歡騎馬射箭，就買下一塊地，築起矮牆，把錢串起來，繞著矮牆轉了一圈。當時人們稱此為「金溝」。

世說新語·汰侈

王君夫以粘精澳釜，石季倫用蠟燭作炊。君夫作紫絲布步障碧綾裡四十里，石崇作錦步障五十里以敵之。石以椒為泥泥屋，王以赤石脂泥壁。

【譯文】

王君夫（王愷）用飴糖和乾飯刷鍋，石季倫（石崇）用蠟燭做飯。王君夫做了四十里長的紫絲布步障，裡子用的是碧綾，石崇就做了五十里的錦緞步障來和他抗衡。石崇用花椒塗牆，王君夫用赤石脂塗牆。

世說新語‧汰侈

石崇為客作豆粥，咄嗟便辦；恒冬天得韭萍菹；又牛形狀氣力不勝王愷牛，而與愷出遊，極晚發，爭入洛城，崇牛數十步後，迅若飛禽，愷牛絕走不能及；愷每以此三事為搤腕，乃密貨崇帳下都督及御車人，問所以。都督曰：「豆至難煮，唯豫作熟末，客至，作白粥以投之。韭萍菹，是搗韭根，雜以麥苗爾。」復問馭人牛所以馭。馭人云：「牛本不遲，良由馭者逐之不及而反制之；急時聽偏轅，則駃矣。」愷悉從之，遂爭長。石崇後聞，皆殺告者。

【譯文】

　　石崇為客人準備豆粥，一會兒就可以端上來，在他那裡冬天也總能吃到韭菜做的鹹菜。另外，石崇的牛外形體力都不及王愷的牛，可是他和王愷一起出遊，很晚才上路，兩人比試誰能搶先進入洛陽城時，石崇的牛在幾十步後就能像飛鳥一樣，迅速超過王愷的牛，王愷的牛拚盡全力也追趕不上。

　　王愷常常為這三件事忿忿不平，於是就暗地裡收買了石崇家的管家和車夫，詢問其中的奧祕。管家說：「豆子非常難煮，只要先把豆子煮熟，做成碎末，客人到了，熬粥時把它加進去就行了。韭菜鹹菜是搗好的韭菜根，裡面攪雜著麥苗而已。」又問車夫駕馭牛的竅門，車夫說：「牛原本跑得不慢，只是因為駕車的人不會控制罷了。緊急時候讓車的重心偏向一邊，這樣跑得就快了。」王愷全部照做，果然就戰勝了石崇。石崇後來聽說此事，把告密的人全殺了。

世說新語・汰侈

石崇與王愷爭豪，並窮綺麗，以飾輿服。武帝，愷之甥也，每助愷；嘗以一珊瑚樹高二尺許賜愷，枝柯扶疏，世罕其比。愷以示崇，崇視訖，以鐵如意擊之，應手而碎。愷既惋惜，又以為疾己之寶，聲色方屬。崇曰：「不足恨，今還卿。」乃命左右悉取珊瑚樹，有三尺四尺，條榦絕俗，光采溢目者六七枚；如愷許比者甚眾。愷惘然自失。

【譯文】

石崇和王愷鬥富，兩人都極盡奢華地裝飾自己的車馬服裝。晉武帝（司馬炎）是王愷的外甥，他常常幫助王愷。有一次送給王愷一棵二尺多高的珊瑚樹，枝條扶疏，世間少有。王愷拿給石崇看，石崇看罷，舉起手中的鐵如意向珊瑚樹砸去，隨手就把珊瑚樹給砸碎了。王愷非常惋惜，還以為石崇嫉妒自己的珍寶，所以聲色俱厲地指責石崇。

石崇說：「這不值得遺憾，我今天就賠給你。」於是命令手下把珊瑚樹都拿了出來，有的三尺高，有的四尺高，枝條都極其漂亮，世上罕見，光彩奪目，這樣的珊瑚樹石崇有六七棵，和王愷那棵一樣的就更多了，王愷頓時顯得惘然若失。

世說新語・汰侈

石崇每要客燕集，常令美人行酒，客飲酒不盡者，使黃門交斬美人。王丞相與大將軍嘗共詣崇，丞相素不能飲，輒自勉彊，至於沉醉。每至大將軍，固不飲，以觀其變。已斬三人，顏色如故，尚不肯飲。丞相讓之。大將軍曰：「自殺伊家人，何預卿事！」

【譯文】

石崇每次邀請客人宴飲，總讓美女勸酒，客人中如果有不乾杯的，就把美女交給內侍殺掉。

有一回王丞相（王導）和王大將軍（王敦）一起參加石崇的宴會，王丞相平時不能喝酒，只能勉強喝下，以至於都喝醉了。每次輪到王大將軍時，他堅決不喝，以此觀察事態的變化。石崇下令殺了三個美女，王大將軍神色如故，依舊不肯喝酒。王丞相責備他，王大將軍說道：「他自己殺自己家的人，與你有什麼關係！」

第柒話

● 富豪石崇與美人綠珠戀情始末

● 末路愛情的最後一舞

一旦紅顏為君盡

綠珠

百年離別在高樓

奴輩利吾家財！！

哇啊！

咔嚓

咔嚓

咔嚓

慘劇究竟因何而起？！

萬貫家財一朝散盡

石崇失勢綠珠殞命

曠世愛戀 感人追憶

很多年前，石崇在當交趾採訪使的時候，一日在荒山之中迷途，偶遇一位清麗佳人。

樂史‧綠珠傳

綠珠者，姓梁，白州

博白縣人也。

此女就是後來著名的貞烈女子之典範──梁綠珠，她的家鄉在象郡白州雙角山（即今廣西玉林博白縣城西北約五十里處的雙風鄉綠蘿村）。

很快地石崇就用三斛珍珠買下了綠珠，這些珍珠對當時已經富可敵國的石崇而言，實在是九牛一毛而已，但在這荒村之中卻掀起了巨浪。

大秦國手造金縷冠
NT 699999

極奢孔雀藍真絲
扭花刺繡外袍
NT 780000

雅致內搭小中衣
NT 8999

珍珠三斛
NT 不可說

*斛（ㄏㄨˊ）：中國舊量器名，亦是容量單位，一斛為十斗。

珠三斛*
採訪使，以珍
晉石崇為交趾
採訪使，以珍
珠三斛致之。

愛鬥富，愛寫詩，愛寒磣人。
愛潘岳，不愛王愷。
愛二十萬兩的天價珊瑚，
也愛五文錢的小蘋果，
愛珍珠，更愛綠珠。
我和你不一樣，我不缺錢。
我是石崇。

「三斛明珠買娉婷」的故事流傳千百年，望著眼前英俊而富有的男人，單純的綠珠以為自己終於找到了命中注定的白馬王子。

但她很快發現，自己並非想像得那般幸運。

什……什麼？

石崇的豪華別墅中有一千多個姬妾，都長得非常美豔。她們戴上用玉刻成的倒龍佩、用金絲繞成的鳳凰釵，衣袖相連，繞著柱子舞蹈。

我的姬妾太多，記不住名字，所以按照她們走路時佩聲輕的排在前面，

釵色豔的排在後面，照這樣編成隊，照次序行進。

崇之美豔者千餘人，擇數十人妝飾一等，使忽視之，不相分別。刻玉為倒龍佩，縈金為鳳凰。釵，結袖繞楹而舞。欲有所召者，不呼姓名，悉聽佩聲，視釵色。佩聲輕者居前，釵色豔者居後，以為行次而進。

……

珠兒是我的親親寶貝～以後就排在最前面吧～記得走路時，一定不要發出佩聲哦～

石崇雖有佳麗千餘，卻對綠珠情有獨鍾，不但為其編寫舞曲《明君》、《懊惱曲》，還在金谷園蓋了一座「綠珠樓」送給她。綠珠可謂是幸運的女人，得到富豪石崇的萬千寵愛。

珠兒～我又編了一曲《明君》，你來舞我來奏～

我本良家子，將適單于庭；
辭別未及終，前驅已抗旌。

僕御流涕別，轅馬悲且鳴；
哀鬱傷五內，涕泣沾珠纓。

行行日已遠，遂造匈奴城；
延佇於穹廬，加我閼氏名。

綠珠能吹笛，又善舞《明君》。崇以此曲教之，而自製新歌曰：

但是，她仍然要在石崇宴請賓客時，在眾多男人面前獻舞。望著眼前這位富豪才子得意的表情，綠珠不明白，他愛她，到底是為了炫耀，還是真正的喜愛？他寵她，是將她當做昂貴的玩物還是一個真正的女人？

殊類非所安，雖貴非所榮；
父子見凌辱，對之慚且驚。

殺身良不易，默默以苟生。
苟生亦何聊？積思常憤盈。

願假飛鴻翼，乘之以遐征。
飛鴻不我顧，佇立以屏營。

在眾多為綠珠傾倒的賓客中，其中也包括了當時還只是沒沒無聞的小吏——孫秀，石崇自然料不到多年後，自己與綠珠的命運將被此人所掌握。

孫秀（？～301），字俊忠，曾是司馬倫小吏，善諂媚，為其謀劃離間廢太子殺賈后，助其登帝位。此人玩弄權術，貪殘汙穢，是典型的亂世小人。

什……什麼！
世上居然有如此
美麗的女子！

我孫秀
無權無勢，又怎
能得到這位仙女
姐姐的一抹秋波
呢……

孫秀啊孫秀，
不要再癡人
說夢了……

孫秀對綠珠的愛慕之情日益增加，他本以為自己永遠只能在石崇大宴賓客之時，遠遠觀望著舞姿翩翩的神仙姐姐綠珠，他也從未敢奢求過綠珠知道他的存在，但是，命運終於出現了轉機！

珠兒姐姐～今天
我特地加了碗魚
翅給你補補～

珠兒姐姐快看是
小鴨鴨耶～

老爺又犯
癡病了！

嘎嘎嘎嘎

孫秀的主子趙王司馬倫作亂得勢，免了石崇的官職。於是意氣風發的孫秀派人來索取美人兒綠珠。
石崇在涼亭中，面對一彎清水，姬妾們站在一邊侍候。孫秀派來的說客說明來意，石崇叫出好幾十
個侍婢給他看，一個個都香氣馥郁，身穿綾羅。

我這兒有幾十個美人兒，小孫想要哪個隨便挑！

石大人的姬妾果然個個……美……美豔……

不知綠珠是哪一位？孫大人點名就要她一人！

日：「在所擇。」

蘊蘭麝，被羅縠，皆

告。崇盡出其婢妾，數十人以示之，

婦人侍側。使者以

登涼台，臨清流，方

時在金谷別館，方

孫秀使人求之。崇

大人～奴家不要～奴家要伺候大人一輩子～

大人～你怎麼捨得送走奴家～

大人～奴家不走嘛～

算了算了！這些美女全部都送給你！

算小孫撿個大便宜！這樣總可以了吧！

大人～不要把奴家送走嘛～

混帳！綠珠是我愛的人！怎可給孫秀那廝！

小人奉命來索要綠珠，既然大人不予，那小人告退了……

愛，不可得也。」

然曰：「綠珠吾所

不識孰為？」崇勃

受命指索綠珠，然本

御覽則麗矣，然本

使者曰：「君侯服

石崇&綠珠：
東邊我的美人，西邊殺身禍！

石崇聽著！當今天子更替！

你若歸順，可保不死！

執意逆天，殺無赦！

爆

末路愛情的最後一舞！

秀怒，乃勸倫誅崇、建。崇、建亦
潛知其計，乃與黃門郎潘岳陰勸淮
南王允、齊王冏以圖倫。秀、秀覺
之。崇正宴於樓上，介士到門。
等。遂矯詔收崇及潘岳、歐陽建

富貴雄豪終成劫，驕矜勢力轉頭空！

孫秀得不到綠珠，於是懷恨在心，勸說司馬倫滅石崇全族。很快地派來抓捕石崇的士兵便包圍了金谷園。

下面全是孫秀的人……石郎，怎麼辦……

我今天為你得罪了人，珠兒，給我跳一段《懊惱曲》吧。

崇謂綠珠曰：「我今為爾得罪。」

綠珠明白，這次在劫難逃，若石崇將自己獻給孫秀，也許還有一絲生機，而自己易主，也可保命。
但是她知道，執拗的石崇不可能低頭。

為了保住心愛的男人最後的尊嚴，在那個華麗的血色時代，
等待綠珠的命運只有一個……

綠珠泣曰：「願效死於君前。」

石郎，

今日奴家願意
以死相報……

綠珠從石崇為她建造的「綠珠樓」上一躍而下，成就了千古的佳話，成為了古今中外貞節烈女的典範，《樂史》、《晉書》皆有記載，大詩人杜牧更為其賦詩——〈金谷園〉。可是有幾人在乎，正值芳華的她，付出了生命的代價？

綠珠墜樓後，石崇被押赴東市刑場，一同押解的還有前無古人後無來者的大帥哥——潘安。他們都想起了當年風光之時，潘安寫的那首〈金谷集詩〉，當年的那句「白首同所歸。」如今想來，不禁唏噓……

小潘……怎麼你也在這裡？

正所謂「白首同所歸」

金谷集詩·潘岳

春榮誰不慕？

歲寒良獨希！

投分寄石友，

白首同所歸。

豬博士教成語

白首同歸

【釋義】一直到頭髮白了，志趣依然相投。形容友誼長久，始終不渝。後用以表示都是老人而同時去世。

喬知之·綠珠篇

石家金谷重新聲，明珠十斛買娉婷。
此日可憐偏自許，此時歌舞得人情。
君家閨閣不曾觀，好將歌舞借人看。
意氣雄豪非分理，驕矜勢力橫相干。
辭君去君終不忍，徒勞掩袂傷鉛粉。
百年離恨在高樓，一代容顏為君盡。

曾經富可敵國、捨我其誰的石崇，在午夜夢迴時分，在汰侈酒筵後，是否料到自己如今下場？

在生命的最後一刻，是否想到了為他而死的綠珠？

是否想過面對這位曾經依偎在他身旁的嬌弱女子，自己究竟是動了真情，還是只將她當作向外人炫耀的昂貴寶物？

想到自己即將與她相會，心中是否有些許的欣慰和解脫呢？

此時此刻的石崇，心中所思即將化作塵埃，在歷史更迭中，消散在時間的長河，千百年……

無人知曉。

世說新語‧仇隟

孫秀既恨石崇不與綠珠，又憾潘岳昔遇之不以禮；後秀為中書令，岳省內見之，因曰：「孫令，憶曩昔周旋不？」秀曰：「中心藏之，何日忘之？」岳於是始知必不免。後收石崇、歐陽堅石，同日收岳。崇謂岳曰：「安仁，卿亦復爾邪？」潘曰：「可謂『白首同所歸』。」潘〈金谷集詩〉云：「投分寄石友，白首同所歸。」乃成其讖。

石崇死後十天，趙王司馬倫叛亂失敗，孫秀被左衛將軍趙泉在中書官府中滿門抄斬。

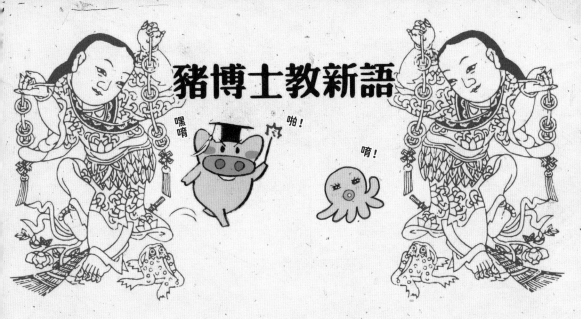

豬博士教新語

世說新語‧仇隙

孫秀既恨石崇不與綠珠，又憾潘岳昔遇之不以禮；後秀為中書令，岳省內見之，因喚曰：「孫令，憶疇昔周旋不？」秀曰：「中心藏之，何日忘之？」岳於是始知必不免。後收石崇、歐陽堅石，同日收岳；石先送市，亦不相知。潘後至，石謂潘曰：「安仁，卿亦復爾邪？」潘曰：「可謂『白首同所歸』。」潘〈金谷集詩〉云：「投分寄石友，白首同所歸。」乃成其讖。

【譯文】
孫秀既憎恨石崇不把綠珠給自己，又怨恨潘岳以前對自己的非禮。後來孫秀做了中書令，潘岳在中書省見到他，就招呼他說：「孫令，你還記得以前我們的交往嗎？」孫秀說：「我一直記在心裡，一天也不會忘！」潘岳於是知道孫秀的報復是不可避免的。後來逮捕石崇、歐陽堅石（歐陽建），當天也把潘岳抓起來了。

石崇先被送到東市刑場，他還不知道潘岳的情況。潘岳隨後到了，石崇對潘岳說：「安仁，你也落到了這步田地？」潘岳說：「這可以說是『白首同所歸』呀。」潘岳在〈金谷集詩〉中寫道：「投分寄石友，白首同所歸。」沒想到成了他們的讖語。

曲水流觴

魏晉時期的文人們聚會時特別喜歡玩一種叫「曲水流觴」的遊戲，眾人坐於環曲的溪流邊，把盛著酒的酒杯置放流水之上，酒杯順流漂下，停在誰面前，誰就要將杯中酒一飲而盡，並賦詩一首。

這種酒令遊戲一直延續了數百年，唐代的豪門望族都會在家中修建「流觴池」（或稱流杯池），作為宴飲之用。

第捌話

- ◉ 阮仲容一夜情，跨國戀成正果
- ◉ 少女懷春，韓壽偷香

boilerplate

偷香祕史

解救高牆內的小百合！
韓壽誓將愛情進行到底！

＊詳見第五版

這是一個翻牆的時代！

世說新語 八周刊

A New Account of Tales of the World. 8

改編繪畫｜豬樂桃

只售新台幣貳拾元

潮流速達

一向引領文藝界著裝風潮的花美男何平叔近日又有大動作，推出了自主潮牌「Kabba」，並稱創業靈感來自貝殼漢的夫人維多利利。數月前來華參加蹴鞠賽的胡人隊隊員貝殼漢，蹴鞠已屬副業，退役亦無憂，單是維多利利的服裝品牌價值，已超3000萬兩白銀。

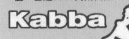

Kabba

音樂教父阮仲容蟄伏數月推出新單曲《One Night In洛陽》，首日即成為Billboard排行榜空降冠軍！曲風融合胡漢兩國音樂特色，靈感據說來自他的胡人新娘，本期將為您揭祕兩人另類的相愛過程。

＊詳見第二版

阮仲容一夜情，跨國戀成正果！

今日黃曆

共和國63年 農曆辛卯年【兔年】

宜	4月15日	忌
	三月十三日 辛卯年 壬辰月 庚子日	諸事不宜
	沖牛　煞西	
正沖	甲午　值神	成
胎神	占碓磨房內南	
彭祖百忌	庚不經絡織機虛張 子不問卜自惹禍殃	

咚咚3人行

張仲景牌五石散

Kabba 獨家特約 服裝鳴謝

多少天下事 盡付笑談中

每晚成時三刻與您準時相約洛陽衛視

＊廣告

嵇康、山濤、阮籍，竹林鐵三角與您——
交流自由觀點，呈現生活體驗，不捲真實性情，分享聊天趣味。

編輯部：沐京劉氏圖文公司　　發行：沐京皇都發行總公司　　訂購方式：每周五早，沐京東城門下發售

第捌話　127

阮仲容大玩一夜情
騎毛驢百里追真愛

阮浪子真的打算靠岸了嗎？

是奉子成婚嗎？

何時辦婚禮？中式還是胡式？

到時候你們自然會知道的。

《One Night in 洛陽》的靈感就是來自於此嗎？

一夜情始祖 浪子幫典範

阮咸字仲容，「竹林七賢」之一，性情和他叔父阮籍一樣任達不拘。此君政治和文學上沒有什麼作為，不過音樂造詣頗深，不但自己編曲，還發明了一種叫「阮」的樂器，流傳至今。

阮兄！使不得啊！

咕嚕

世說新語·任誕

諸阮皆能飲酒，

仲容至宗人間共

集，不復用常桮

斟酌，以大甕盛

酒，圍坐，相向

大酌。時有群豬

來飲，直接去

上，便共飲之。

阮咸性情放誕不拘禮法，喜歡在節假日把自己的破褲衩晾在廳堂，與群豬一起豪飲美酒。

在那個春暖花開的季節，阮咸的姑姑來家中探親，不知道是日久生情還是一見鍾情，總之，姑姑隨行帶來的鮮卑族丫鬟與這位放任不羈的貴公子阮咸相愛了，並有了那事兒……

唉……侄兒你還是那麼貪玩……算啦，婢女送你好啦。

多謝姑姑～

不久之後，阮咸的母親去世了，他的姑姑在臨走之前答應阮咸的請求，將那名婢女留下。可是阮咸的姑姑臨行前改變了主意，帶著婢女走了。

世說新語・任誕

阮仲容先幸姑家鮮卑婢，及居

母喪，姑當遠移，初云當留

婢，既發，定將去。

阮爺
不好啦！

什麼？！

阮咸得知，慌忙借了客人的驢子，穿著孝服去追趕。在追出幾百里之後，才將心愛的婢女帶了回來。

等等！

「人種不可失！」即遙
之，累騎而返，曰……
仲容借客驢著重服自追

請問阮先生！
您不顧重孝騎驢
追妻，您當時
是出於什麼
想法？

看這裡！看這裡！

您會娶她嗎！

阮先生！您的新
專輯是否要在
大婚之後發售？

請問那頭驢
是山濤先生
的嗎？

放浪不羈的阮咸，在關鍵時刻沒有拋棄道德
底線，搖身變成新好男人，後來婢女為阮咸
生下了個大胖小子，名叫阮遙集。

囍

老婆和
孩子一
個都不
能少！

新時代好丈夫誕生！

急流勇退，浪子甘心被套牢
母憑子貴，女奴翻身做主人

少女懷春 韓壽偷香
賈氏窺簾韓掾少，一寸相思一寸灰

＊掾〈ㄩㄢˋ〉：【釋義】原為佐助的意思。後為副官佐或官署屬員的通稱。

世說新語‧惑溺

韓壽美姿容，賈充

辟以為掾：充每

聚會，其女於青璅

中看，見壽，

悅之⋯內懷存想，

發於吟詠。

韓郎～
今天似乎
不太高興
呢⋯⋯

賈充每次聚會賓客，他女兒賈午總是透過窗格，悄悄觀看英俊美姿容的帥哥韓壽。

韓壽

西晉人，字德真，歷任
散騎常侍、驃騎將軍。

賈大人，我的身
體不適，這就告
辭了⋯⋯

最煩和這些
老不修聚會，
一定要
早日升官，
離開這群
老傢伙們。

什麼嘛！小壽壽
這就要走？

韓少留下陪
偶們把酒言
歡嘛～

我不要！
不要嘛！

我要壽壽！
壽壽！

扭

扭

哇！小姐！

好帥⋯⋯

噗！

世

彝趴老人團

第捌話 131

愛的翻滾

懷春少女賈午常常因為韓壽的一顰一笑而無法自拔，總是在吟詠詩歌時流露出這種感情。
她的婢女實在看不下去了，於是跑到韓壽家中，詳細講了這些情況。

什麼？
賈二小姐
……？

後婢往壽家，具述如此，並言女色麗。壽聞之心動，遂請婢潛修音問，及期往宿，

春英，韓郎
確定在這裡
相會？
四面可都是
數丈高牆啊
……

小姐放心～
韓公子確是
要我們在這
裡等候。

哇啊！
近看更帥了
幾分！

這是我家小姐的
情詩和她的等身
畫像，公子請看～

同時又不忘補充說明一下小姐光艷美麗。韓壽聽後動了愛慕之心，便請婢女暗中傳遞音訊，約好幽會時間。

得爾？

閣急峻，何由

垣牆重密，門

壽與女通；而

己及陳騫，餘

充計武帝唯賜

小壽壽
你好香哦！

韓少今天
換了香水？

快告訴人家用的
是什麼牌子嘛～

這香味不是御賜
的外國香料嗎？
香味數月不退，
晉武帝只賜給我
和陳騫，小壽壽
怎會香氣四溢
……？

嗅

爹爹～
酒菜來了～

歷月不歇。

一箸人，則

是外國所貢；

奇香之氣，

吏，聞壽有

常。後會諸

說暢有異於

盛自拂拭，

自是充覺女

賈充聞到韓壽身上的異香，是自家獨有的御賜外國貢品，香味數月不退，又看到自己的女兒開始
講究打扮，因而懷疑韓壽與女兒私通，但是家中四面高牆、守衛森嚴，哪會發生這樣的事呢？

午兒，爹送
你的那盒香
料呢？

啊…啊…那個香料前幾日
好像被人偷了去……

不敢直視

什麼！有竊賊？
為防萬一，來人！
把所有的圍牆
都築高十尺！

是！

乃託言有盜，

令人修牆。

是韓少！他不畏重重高牆，再次踏月而來！

傳說中的科切特科娃毽子轉體180度前手翻！

團身前空翻一圈半！

如此高牆讓韓郎怎麼進來？

韓郎～！人家以為再也見不到你了！

為了你，就算是吉力馬札羅山我也要跳過！

刷

刷

砰

使反曰：「其餘無異；唯東北角有人跡，而牆高，非人所踰。」充乃取女左右考問，即以狀對。

回稟老爺，在東北角上發現腳印，這麼高的牆，不是凡人能跳得過來的……

什麼？！把午兒的丫鬟給我押上來！

老爺……

圍牆加高後，賈大人派人查探，卻仍舊發現有人翻牆而入的形跡，於是乎，憤怒的老賈下令拷問二小姐的丫鬟，逼她說出真相。

賈大人看兩人生米做成熟飯，再看韓壽一表人才，也不算虧待自己的二姑娘，於是就坡下驢，將女兒下嫁。
此後，韓壽平步青雲，從賈充手下的司空掾一直做到散騎常侍、河南尹。

「韓壽偷香」的傳奇內容成了後人愛情故事的藍本，也成了偷情的代名詞，與「相如竊玉、張敞畫眉、
沈約瘦腰」合稱古代四大風流韻事，流傳千百年，成為古今中外億萬男性追求伴侶的實用寶典！

豬博士教新語

嘿唷
啪！
唷！

世說新語・任誕

阮仲容先幸姑家
鮮卑婢，及居母
喪，姑當遠移，
初云當留婢；既
發，定將去。仲
容借客驢箸重服
自追之，累騎而
返，曰：「人種
不可失！」即遙
集之母也。

【注釋】

鮮卑：中國北方遊牧民族，秦漢時從大興安嶺一帶南遷至西拉木倫河流域，曾歸附東漢。

【譯文】

阮仲容（阮咸）早就喜歡姑姑家的鮮卑婢女。在為母親服喪期間，姑姑家要遷到一個很遠的地方去，
原本說好要把這個婢女留下來，可臨走時還是把她帶走了。得到消息後，仲容向客人借了頭驢，
穿著喪服就攆去了，追上之後，兩個人一塊兒騎著驢回來了。
仲容說：「我的種不能沒了！」這個婢女就是阮遙集（阮孚）的母親。

韓壽美姿容，賈充辟以為掾；充每聚會，其女於青璅中看，見壽，悅之；內懷存想，發於吟詠。壽聞之心動，遂請婢潛修音問。及期往宿，壽蹻捷絕人，踰牆而入，家中莫知。自是充覺女盛自拂拭，說暢有異於常。後會諸吏，聞壽有奇香之氣，是外國所貢；一箸人，則歷月不歇。充計武帝唯賜己及陳騫，餘家無此香，疑壽與女通；而垣牆重密，門閣急峻，何由得爾？乃託言有盜，令人修牆。使反曰：「其餘無異；唯東北角有人跡，而牆高，非人所踰。」充乃取女左右考問，即以狀對。充祕之，以女妻壽。

【譯文】

韓壽相貌出眾，賈充召他做屬官。賈充每次召集聚會時，他女兒就透過窗格朝裡觀望，見到韓壽，很喜歡，總為他朝思暮想，還把自己的思念之情抒發到詩文裡。後來她的婢女到韓壽家，把賈充女兒對他的愛慕之情詳細說了，還告訴韓壽賈充的女兒非常漂亮。韓壽聽罷心動了，讓婢女為他傳遞消息，並約定時間去女子那裡過夜。韓壽身手矯健，晚上翻牆而入，賈充家裡沒人知道。從此以後，賈充發現女兒總是極力裝扮自己，心情也比以往愉快多了。

後來和官吏們聚會，他聞到韓壽身上有一種奇異的香味，這種香料是國外的貢品，塗到身上，香味幾個月都不會消失。賈充心想，這種香料晉武帝只賜給了自己和陳騫，別人家沒有這種香料，於是就懷疑韓壽和女兒私通，不過家中院牆高大，門戶看管得也很嚴密，韓壽怎麼會進來呢？於是藉口發現盜賊，讓人修整圍牆。派遣的人回來說：「別的地方沒什麼異常，只有東北角好像有翻越的痕跡，不過牆那麼高，人是翻不過去的。」賈充就把女兒身邊的婢女叫來拷問，婢女把實情告訴了他。賈充把此事隱瞞下來，讓女兒嫁給了韓壽。

第玖話

● 魏晉型男鑑賞手冊3：
孤松玉人嵇康

● 鍾會VS嵇康：是愛還是恨？

JI KANG (SHU YE) MEMORIAL CONCERT
嵇康（叔夜）紀念演奏會

THIS IS IT

DISCOVER THE MAN
YOU NEVER KNEW
IN THEATERS 11.05.20

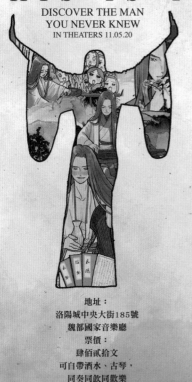

地址：
洛陽城中央大街185號
魏都國家音樂廳
票價：
肆佰貳拾文
可自帶酒水、古琴，
同奏同飲同歡樂
承辦：
嵇康音樂協會

農曆四月十五，長安
夏賴爾時裝夏季男裝
SHOW。蒞臨嘉賓：
桓子野、嵇紹、山濤、
鍾會等名士
雲集～

流行稍縱即逝，風格永存

今 日 黃 曆

共和國63年農曆辛卯年【兔年】

宜	5月15日	忌
嫁娶盟采 訂納出行 祭祀祈福	四月十三日 辛卯年 癸巳月 庚午日	移徙 入宅
	沖鼠　煞北	
正沖	甲子　值神	除
胎神	占碓磨外正南	
彭祖 百忌	庚不經絡織機虛張 午不苫蓋屋主更張	

世說新語．八周刊

改編繪畫—豬樂桃

A New Account of Tales of the World. 8

只售新台幣貳拾元

編輯部：汴京劉氏圖文公司　　　　發行：汴京皇都發行總公司　　　　訂購方式：每周五早，汴京東城門下發售

魏晉型男鑑賞手冊.3

孤松玉人嵇康
絕世型男華麗之死

玉人嵇叔夜，風華絕代人。

性感打鐵郎，傲骨卓然身。

竹林七賢者，憤青愛喝酒。

就戮弄琴聲，千古絕唱留。

豬樂桃

嵇康，字叔夜，譙國銍縣（今安徽宿縣西）人。三國時魏末文學家、思想家與音樂家，魏晉玄學的代表人物之一。「竹林七賢」的領袖人物。

世說新語之嵇康

144

世說新語‧容止

嵇康身長七尺八寸，風姿特秀。見者歎曰：「蕭蕭肅肅，爽朗清舉。」或云：「肅肅如松下風，高而徐引。」

嵇康身高七尺八寸（大約是今天的190公分），風度姿態秀美出眾。見到他的人都讚嘆說：「他舉止瀟灑安詳，氣質豪爽清逸。」有人說：「他像松樹間沙沙作響的風聲，高遠而舒緩悠長。」

叔夜琴舍‧招生

小班：壹到肆人，每人伍佰兩
大班：拾人，每人壹佰兩
中級班：嵇康手把手親密教學，壹千兩

蝦咪？還要等半年才能上課？再加100兩！明天我就要見到嵇康！

這個……

巨源兄，嵇康是你的至交好友，坊間對他外貌的傳言屬實乎？

哼！

啪！

那些傳言算什麼！嵇叔夜的為人，像挺拔的孤松傲然獨立；他的醉態，像高大的玉山快要傾倒！

山公曰：「嵇叔夜之為人也，巖巖若孤松之獨立；其醉也，傀俄若玉山之將崩。」

孤松……

玉山！傾倒……

巨源兄！你的形容實在是太完美了！

啊！！！嵇康！

騰

這……這就是…嵇……康？

哇啊～

小康康～

康仔！

嘩……

豬博士教成語

偏偏就是這樣一位相貌堂堂的大帥哥，卻有「土木形骸，不自藻飾」的壞毛病。
如果說不愛打扮也罷，關鍵是他疏懶得已經到了讓人不可思議的程度。譬如說十天半月臉不洗、
頭不梳，甚至懶到不願起身而常常憋尿的地步。即便如此，時人還是不吝譽美之詞，誇他是「龍
章鳳姿，天質自然」。嵇康自己也坦然地把邋遢當成有個性。

啊！好哀傷的曲子。

這顫音好感人。

連小康康自己也被感動了………

好想上廁所……

可是又懶得起來，不如再憋憋，把下一次的憋再一起上好了……

唔……

不公平！那種邋遢男有什麼好！我們明明那麼英俊閃亮，為什麼女孩子們就只圍著邋遢鬼嵇康打轉？！

小花！偶愛你！今日特別為你打扮一番，為何你不多看我一眼？

切！因為你們醜唄！

哇啊！蒼天啊！

這天地哪裡還有我們的立足之地！

小花！我愛你的心不變！

好！憋了三泡，可以去上咧！

啊，小康康起身上廁所去咧！

連憋尿都那麼帥氣～

龍章鳳姿，天質自然～

騰！

涙奔圖

特別企劃 爆

仙人下凡？樵夫山間偶遇採藥 小康康！

晉書・嵇康傳

康嘗采藥遊山澤，會其得意，忽焉忘反。時有樵蘇者遇之，咸謂為神。

據「雞絲麵」（嵇康粉絲團）調查——嵇康很喜歡一邊遊山玩水一邊採集藥材。

一日，因為玩得太HIGH，忘記下山，黃昏時分一位砍柴人經過，誤以為帥哥嵇康是山上的神仙下凡！

小康康的帥氣真是名不虛傳！

額（我）上山打柴，木（沒）想到在雲霧之中看到一位高大的仙人，額（我）後來才小底（曉得）是康康大人咧。

大叔～請問下山的路如何走啊？

哇！仙人！

不過本報還是要提醒康康，長得那麼帥也不要隨便出門嚇人哦！

嵇康不但帥得一塌糊塗，這位特立獨行的憤青還有另一愛好——打鐵。
嵇康喜歡叫上「竹林七賢」的老么——向秀（字子期），一起打鐵，他揮錘而子期拉風箱，兩人都善於音律，所以常以風箱大錘為樂器，有節奏的鍛鐵、鼓風，再加上嵇康的帥氣和向秀的秀美，一時間，引來洛陽城眾人競相模仿。

晉書・嵇康傳：
性絕巧，而好鍛。

向秀：字子期，竹林七賢之一

噹！

哇啊！大新聞！
康仔半裸打鐵！

小康康……

這身材～

哇啊……

哇啊，小康半裸的樣子好有型～！

唔……

子期，我這一錘你如何來合？

呼……咻

咚
砰！

我用大簇來代，

用大呂來合，叔夜你聽～

哇啊！我還是不敢面對嵇康！

刷！

扔！

於戶外遙擲，便面急走。

哇啊！我恨你！我恨你！

淚奔

騰！

鍾會實在是太害怕了，於是將自己的書遠遠地扔進嵇康家的院子，轉身急急忙忙地跑了。

路邊社直擊

我們支持小康康，鍾會不要恨人家啦！

當然是小鍾會因愛生恨，我們祝願鍾會早日撲倒小康康～

我想鍾會是對小康很崇拜，可是小康不鳥他，所以自尊受到打擊。

小康仔，偶愛你～

咔嚓！

鍾會VS嵇康
是愛還是恨？
本報下期獨家大揭祕！

咔嚓！

第拾話

◎ 嵇康去世一五四七年紀念特輯

◎ 山濤×嵇康：
解讀〈與山巨源絕交書〉

嵇康去世1547年紀念特輯

琴藝家、哲學家、音樂家和打鐵郎的華麗悲劇人生

世説新語・八周刊

A New Account of Tales of the World. 8

改編繪畫一豬樂桃

只售新台幣貳拾元

嵇康與三個男人之間的愛恨情仇！

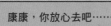

| 叔夜，寡人不該殺你…… | 康康，你放心去吧…… | 康，別怪我…… |

司馬昭

山濤

鍾會

今日黃曆

*廣告

共和國63年 農曆辛卯年【兔年】

宜	6月15日	忌
嫁娶訂盟 納采祈福 祭祀 入殮	五月十四日 辛卯月 甲午日 辛丑日	開光 開市
	沖羊 煞東	
正沖	乙未 值神 危	
胎神	廚灶廁房內南	
彭祖 百忌	庚不經絡織機虛張 午不苫蓋屋主更張	

地位象徵身家體現
會員準入制度 最後五席虛位以待！

海東青拍賣會
6.28 盛大啟動

萬眾矚目

萬鷹之神

地址：海東青皇家馴養基地長安城外南苑3號

編輯部：沐京劉氏圖文公司　　發行：沐京皇都發行總公司　　訂購方式：每周五早，沐京東城門下發售

第拾話 155

上集回顧

女人為他癡迷！
男人為他淚奔？

本期為您揭曉——
魏晉絕世型男，華麗之死真相！

人物關係表

阮籍

嵇康

向秀

撲朔迷離的
男人友誼

好朋友

妻外甥

山濤

曹髦

眼中釘

親信

司馬家族奪
取曹魏政權

寵與眼交纏

夫婦

山妻韓氏

司馬昭

寵臣

信任

鍾會

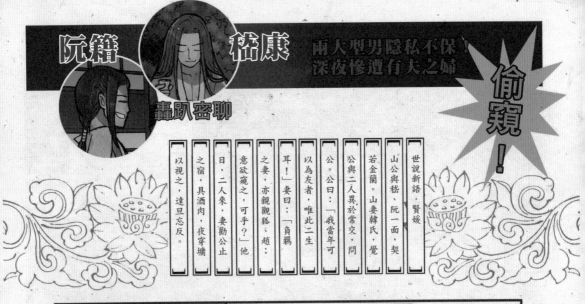

阮籍 嵇康 之 轟趴密聊

兩大型男隱私不保！深夜慘遭有夫之婦

偷窺！

世說新語 · 賢媛

山公與嵇、阮一面，契若金蘭。山妻韓氏，覺公與二人異於常交，問公。公曰：「我當年可以為友者，唯此二生耳！」妻曰：「負羈之妻，亦親觀狐、趙；意欲窺之，可乎？」他日，二人來，妻勸公止之宿，具酒肉，夜穿墉以視之，達旦忘反。

山濤的老婆韓氏覺得山濤和嵇康、阮籍的交往超出了尋常的友誼之情，於是質問山濤——

老公！到底你和他倆是什麼關係嘛！今天不說清楚我是不會甘休的！

親奈滴，我最愛的可是你啊～我現在能交到的朋友也只有他倆了。

山濤的話激起了韓氏的好奇心。

我不信！你把他倆帶到咱家過夜！我要看看此兩人到底有多少魅力！

小甜心，真是拿你沒辦法……

有一天，嵇康和阮籍又來了，韓氏生怕時間不夠充裕，觀察得不夠仔細，就勸山濤將兩個人留下來住宿，並給他們準備了好酒好肉。為了偷窺帥哥一眼，韓氏表現了罕見的狂熱，不惜把自己家的牆鑽穿……

哇啊～

幾日不見，小康的琴藝又精進了，來～我敬你一杯！

你就是找個藉口喝酒。

哈哈被你看穿了～

味道不錯吧？這可是我娘子親手釀的青梅酒～

說到山夫人，濤哥何不請她來同飲？

這……

夜穿牆以視之，達旦忘反。

第二天，當山濤問起韓氏的觀看感受時，韓氏口直心快，也不在乎丈夫的感受，坦言道——

啥？

轟

公入，曰：「二人何如？」妻曰：「君才殊不如，正當以識度相友耳。」公曰：「伊輩亦常以我度為勝。」

小甜心你討厭！討厭！那兩個傢伙還說我的氣度高於他們呢，不信你去問！去問嘛～

好啦好啦我信啦～

巨源小小拳

砰

砰

小甘蔗，我是你老婆，當然知道你才是男人中的男人，我沒有選錯人啊～

小甜心～

世說新語‧棲逸

嵇康遊於汲郡山中，遇道士

孫登，遂與之遊。康臨去，

登曰：「君才則高矣，保身

之道不足。」

嵇康在汲郡山中遊歷，遇見了道士孫登，就和他結伴遊歷。兩人分別時，孫登對他說：「你的才華確實很高，但保全自身的本領不夠。」

這位當時最著名的隱士，一語便預言了嵇康的命運……

嵇康是魏武帝曹操的孫女婿，做過中散大夫的官職。公元249年「高平陵政變」，司馬家族全面掌控了曹魏政權。嵇康性格耿介、剛直，與司馬氏採取不合作的態度，這也是司馬氏集團不能容忍的，在他們看來要使名士們臣服，嵇康是非殺不可的。

嵇康×山濤

昔日好兄弟，相煎何太急？！是恩斷義絕還是另有隱衷？

解讀〈與山巨源絕交書〉，深度還原事件真相！
奏起！最後的絕唱！

當初想要滅掉嵇小子，是因為他和曹髦是親家，又對寡家很不屑……

其實此人可算是接替老山的最佳人選！

若寡人將他納入麾下，那麼那些反對我的桀驁名士們也就臣服於寡人了！

這比殺了他更有好處啊～

為了保全生命日益受到司馬氏集團威脅的嵇康，山濤想出此計，誰知卻事與願違。

濤哥，你明知道我不能也不願臣服於那個卑鄙的司馬小賊……

小康！

皇上日日處心積慮的要殺你，我保舉你是消除皇上滅口之心的唯一方法啊！

你不顧性命，難道也忍心看到自己的妻兒孤苦嗎？

砰！

其實，嵇康深深的明白，以自己的性格是不可能為司馬家族出仕，但若不出仕，又怕好友山濤被牽連，才寫下歷史上有名的〈與山巨源絕交書〉——

刷……

嵇康在絕交書中哀嘆：山濤，我以為你是我的知己，現在才知道不是那麼回事，你根本就不瞭解我！其實咱倆也沒有什麼太深交情，只不過偶然認識罷了……我為人散漫，不喜歡和俗人共事，免得汙濁自己又讓人憎恨。你想當廚子也就罷了，別拉著我一起手執鸞刀，也沾上一身羶腥氣！你要是再逼我，我就發瘋病給你看！

*〈與山巨源絕交書〉節選翻譯

〈與山巨源絕交書〉與其說是在尖銳地痛斥權勢，不如說是為自己的好友摘脫嫌疑。

嵇康這賊死鳥！

去死吧！

上次我帶著大臣們去嵇康家，他都不理人家！

此書一出，震動朝野，自然也惹惱了皇帝。司馬皇帝的寵臣鍾會曾經多次受到嵇康的羞辱，對嵇康嫉恨在心，時不時就在皇帝耳邊說嵇康的壞話。在鍾會的煽動下，怒不可遏的司馬皇帝決心將嵇康處斬。

爹爹！

紹兒？為何你會來此？

是濤伯伯帶兒來的。

紹兒，你過來。

是，爹爹！

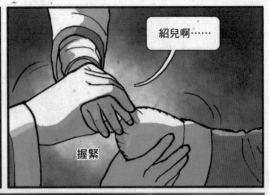

紹兒啊……

握緊

嵇康拉著他八歲兒子嵇紹的手說：「巨源在，汝不孤矣。」（《晉書·山濤本傳》）。

有你濤伯伯在，

什麼也不用怕。

小康……

這短短的七個字，其中包含了多少深厚的友情與信賴，

包含著那個動盪不安的時代背景下，

政治傾向不同、卻惺惺相惜的一對摯友的多少無奈與悲哀呢？

絕世型男 華麗之死
孤松玉人嵇康

166　世說新語‧八周刊‧卷一

滄海笑兩岸潮
浮沈隨浪只記今朝
蒼天笑紛紛世上潮
誰負誰勝出天知曉
江山笑煙雨遙
濤浪淘盡紅塵俗世幾多嬌
清風笑竟惹寂寥
豪情還剩了一襟晚照
蒼生笑不再寂寥
豪情仍在痴痴笑笑

千年來，歷史交錯更迭，無數英雄如浮雲般消散，而嵇康以他超脫的氣度、不凡的外表、越禮教而任自然的性格以及他壯烈的死，造就了一個傳奇人生，也成為了一個時代的符號。

彷彿山間翠柏立於潮起雲湧的混沌時代，被人們記住、悲嘆、緬懷……

豬博士教新語

嘿唷　啪！　唷！

世說新語‧容止

嵇康身長七尺八寸，風姿特秀。見者嘆曰：「蕭蕭肅肅，爽朗清舉。」或云：「肅肅如松下風，高而徐引。」山公曰：「嵇叔夜之為人也，巖巖若孤松之獨立；其醉也，傀俄若玉山之將崩。」

【譯文】

嵇康身高七尺八寸，風度姿態秀美出眾。見到他的人都讚嘆說：「舉止瀟灑安詳，氣質豪爽清逸。」
有人說：「他像松樹間沙沙作響的風聲，高遠而舒緩悠長。」山濤評論他說：「嵇叔夜的為人，像挺拔的孤松傲然獨立；他的醉態，像高大的玉山快要傾倒。」

世說新語‧簡傲

鍾士季精有才理，先不識嵇康；鍾要于時賢儁之士，俱往尋康；康方大樹下鍛，向子期為佐鼓排。康揚槌不輟，傍若無人，移時不發一言。鍾起去，康曰：「何所聞而來？何所見而去？」鍾曰：「聞所聞而來，見所見而去。」

【譯文】

鍾士季（鍾會）非常聰明，擅長玄理，為了結識嵇康，他邀請當時的名流一起拜訪嵇康，嵇康正在大柳樹下打鐵，向子期（向秀）幫他拉風箱。見鍾會來了，他依舊揮鎚打鐵，旁若無人，很長時間也不和鍾會說話。
鍾會起身離去時，嵇康問：「何所聞而來？何所見而去？」鍾會說：「聞所聞而來，見所見而去。」

世說新語‧文學

鍾會撰《四本論》

始畢，甚欲使嵇公
一見，置懷中；既
詣，畏其難，懷不
敢出，於戶外遙擲，
便面急走。

【譯文】

鍾會撰著《四本論》剛剛完成，很想讓嵇康看一看。便揣在懷裡，揣好以後，又怕嵇康質疑問難，
揣著不敢拿出，走到門外遠遠地扔進去，便轉身急急忙忙地跑了。

世說新語‧棲逸

嵇康遊於汲郡山中，
遇道士孫登，遂與之
遊。康臨去，登曰：
「君才則高矣，保身
之道不足。」

【譯文】

嵇康在汲郡山中遊歷，遇見了道士孫登，就和他結伴遊歷。嵇康和孫登分手時，孫登對他說：
「你的才華確實很高，但保全自身的本領不夠。」

世說新語‧棲逸

山公將去選曹，
欲舉嵇康；康與
書告絕。

【譯文】

朋友山濤好意向司馬昭舉薦嵇康，嵇康不喜反怒，寫了一封公開信——〈與山巨源絕交書〉，宣布與山濤絕交。

世說新語・賢媛

山公與嵇、阮一面，契若金蘭。山妻
韓氏，覺公與二人異於常交，問公。
公曰：「我當年可以為友者，唯此二
生耳！」妻曰：「負羈之妻，亦親觀
狐、趙；意欲窺之，可乎？」他日，
二人來，妻勸公止之宿，具酒肉。夜
穿墉以視之，達旦忘反。公入，曰：
「二人何如？」妻曰：「君才殊不如，
正當以識度相友耳。」公曰：「伊輩
亦常以我度為勝。」

【注释】
僖負羈之妻：
　　春秋時期曹國大夫僖負羈的妻子，是一位獨具慧眼和智慧的女性人物。
　　在《左傳》中就有她的相關記載和言論：重耳到達曹國，曹共公聽說他的肋骨排比很密，似乎併成一整塊，
想從他裸體中看個真相。趁重耳洗澡，他就在簾子外觀看。僖負羈的妻子對負羈說：「我看晉公子的隨從人員，
都足以輔助國家。如果用他們做輔助，晉公子必定能回晉國做國君。回到晉國，肯定在諸侯中稱霸。
　　在諸侯中稱霸而懲罰對他無禮的國家，曹國就是第一個。您何不早一點向他表示好感呢！」
　　於是僖負羈饋送晉公子一盤食品，裡頭藏著璧玉。公子接受食品，退回璧玉。
　　後來晉公子果然回晉國做國君，並在諸侯中稱霸，可見僖負羈之妻頗有政治家的預見性。

【譯文】
山公（山濤）和嵇康、阮籍一見面，就情投意合。山濤的妻子覺得丈夫和這兩個人的交往非比尋常，
就問他怎麼回事，山公說：「眼下可以作為我的朋友的，只有這兩人了。」
妻子說：「從前僖負羈的妻子也曾親自觀察過狐偃、趙衰，我也想看看他們，可以嗎？」有一天，兩人來了，
妻子勸山公留他們過夜，給他們準備了酒肉。晚上，她在牆上鑿了個洞，觀察這兩個人，居然看著看著忘記了時間，
一直到天都亮了。山公過來問道：「你覺得這兩人怎麼樣？」妻子說：「你的才智情趣跟他們差得遠了，
只能以你的見識氣度和他們交朋友。」山公說：「他們都認為我的氣度勝過他們。」

晉書・山濤傳

康後坐事，臨誅，謂子紹曰：「巨源在，汝不孤矣。」

【譯文】
後來嵇康犯了罪，臨被殺前，對他兒子嵇紹說：「有山濤在，你就不會成為孤兒了。」

世說新語・雅量

嵇中散臨刑東市，神氣不變。索琴彈之，奏《廣陵散》。曲終，曰：「袁孝尼嘗請學此散，吾靳，固未與，《廣陵散》於今絕矣！」太學生三千人上書請以為師，不許。文王亦尋悔焉。

【譯文】
中散大夫嵇康在東市將要被處死，他神色不變，索討古琴彈了一曲《廣陵散》。彈奏完畢，
（嵇康）說：「袁準曾經請求學習這首曲子，我十分吝嗇，不肯傳授給他。從此以後，《廣陵散》就成了絕響啊！」
當時有三千太學生上書，請求以嵇康為老師，想用這種方法來救嵇康，朝廷不允許。
嵇康被殺後不久，文王司馬昭也後悔了。

PLAY GIRL

轟！

哇呀！好閃！

12
No.158
Dec. 2011
定價NT $ 120

王戎

王戎字浚沖，琅邪臨沂人。西晉名士，封安豐縣侯，「竹林七賢」中年齡最小的一位。自幼聰穎，身材短小而風姿秀徹。據說能直視太陽而不目眩，那位超凡脫俗的大帥哥裴楷對他雙目的評價是──「雙目炯炯有神，就像山崖下的閃電」！

世說新語‧容止
裴令公目王安豐：
「眼爛爛如巖下電。」

晉書‧列傳‧王戎
為人短小，任率不修威儀，善發談端，賞其要會。

是吝嗇富豪還是豪邁名士？

八卦爆爆田
Gossip Field

王戎夫婦深夜房中密話！？八卦記者深入虎穴獨家報導！

創帥哥形容詞之先河！
立2000年型男之衡量標準！
著名時尚評論人——王戎
第一屆「炯炯有神點評會」正式宣告全球帥哥指標誕生！

素有「炯炯眼光」之稱的時尚界著名評論家——王戎，邀集各路名士帥哥舉辦「炯炯有神點評會」，對與會帥哥和仙逝型男們的評論，一律給予最最殷切甜蜜的肯定！可謂誰也不得罪，誰都捧上天！如此嘴兒甜如蜜的當世朝臣，想不紅都難啊！

哈哈哈！

哈哈哈……幾日不見，兄台琴技又長！

阮籍

阮兄過獎

王衍

王戎

小衍的「漁樵問答」加上我的熱茶可謂相得益彰啊～

來來來，快給我嚐嚐～

山濤

王太尉幾日不見，又白了許多……

卷一完

國家圖書館出版品預行編目資料

世說新語‧八周刊‧卷一／豬樂桃改編、繪畫---二版--
臺北市：英屬蓋曼群島商網路與書股份有限公司臺灣分
公司出版：大塊文化出版股份有限公司發行，，2023.05
176 面；17×23 公分.--（For2；20）
ISBN 978-626-7063-35-4（卷一：平裝）

1.世說新語 2.漫畫

857.1351   112004258